巨英
——
著

我为什么至今一个人

都市独身男女的真情告白

北京燕山出版社
BEIJING YANSHAN PRESS

图书在版编目（CIP）数据

我为什么至今一个人 ： 都市独身男女的真情告白 / 巨英著. -- 北京 ： 北京燕山出版社, 2016.7（2020.5重印）

ISBN 978-7-5402-4138-4

Ⅰ. ①我… Ⅱ. ①巨… Ⅲ. ①故事－作品集－中国－当代 Ⅳ. ①I247.8

中国版本图书馆CIP数据核字(2016)第100769号

我为什么至今一个人：都市独身男女的真情告白

作　　者：巨　英
选题策划：北京盛桐文化传播有限公司
责任编辑：刘少辉　常思薇
特约编辑：曹刘霞　邢玉格
特约监制：朱文平
责任校对：杜　睿
封面设计：@嫁衣工舍
社　　址：北京市西城区陶然亭路53号（100054）
网　　址：http://www.bjyspress.com/
微　　博：http://e.weibo.com/u/2526206071
电　　话：010-65240430
传　　真：010-63587071
印　　刷：三河市金泰源印务有限公司
开　　本：900毫米×1280毫米　1/32
字　　数：150千字
印　　张：7
版　　次：2016年7月第1版
印　　次：2020年5月第2次印刷
定　　价：36.80元
出版发行：北京燕山出版社 BEIJING YANSHAN PRESS

序：婚与不婚，和幸福无关

婚姻，是幸福之巅，也是不幸之源。

婚姻似乎是每个人必需的归宿。曾几何时，一生不娶，一生不嫁的男男女女，都被归为异类，被人白眼相加，指指点点。

可是，为什么必须有一段婚姻呢？为什么必须有一个人，来分享你的喜怒哀乐，以及你的胜利成果？

赫尔岑曾经说过："人只有在独身的时候，才能安静自由地过活。"

法国人说："婚姻不会带来任何东西，也不能带走任何东西。"

在原始社会，人们群居杂婚，没有婚姻的概念。随着社会的发展，有了私有制，才有了家庭观念，从而诞生了婚姻制度。从封建社会的一夫多妻制到现在的一夫一妻制，婚姻，一直就像一份契约，保证着合约双方的利益。夫妻双方，就是一个合作体，双方共同为了家庭而努力，而付出。然而，随着社会的发展，婚姻越来越多地丧失了契约的功能，人们不需要从婚姻中得到什么，也不需要跟对方共同合作来完成更多的事务，于是，更多的人放弃婚姻，坚持不婚。

根据《纽约时报》报道，2005年，美国女性中有51%没有配偶，独自生活，5 580万家庭放弃了婚姻；日本相关资料显示，日本女性中有60%认为“不婚亦可”；超过30%的德国女性选择单身。婚姻，不再是生活的必选项。

柏拉图不婚，是因为他崇尚精神恋爱，他认为爱情和婚姻无关，和现实无关；

哥白尼不婚，是因为他的学说惹恼了权威，被剥夺了结婚的权利；

伊丽莎白一世不婚，是因为她肩负着使国家崛起的重任；

达·芬奇不婚，是因为他喜欢的并非女性；

叔本华不婚，是因为他痛恨女性……

每一个不婚的人，都有自己的理由：追求自由、享受独立、恐婚、经济负担、可怕的经历、难以言说的隐私……

不婚的人中，有的人在忍受没有伴侣的痛苦，有的人却在享受想要的生活，有的人渴望婚姻而不能结婚，有的人对婚姻唾手可得却不屑一顾。

拥有婚姻的人，不一定幸福；没有婚姻的人，不一定痛苦。

婚与不婚，与幸福和痛苦，都没有直接的关系。

世界正在发生着翻天覆地的变化，生活宛如万花筒般，呈现出五光十色，年轻的一代，头脑中的观念也悄然无息地变化着。在这个崇尚自我，个体存在价值被无限放大的时代，不婚，不再是与伦理相悖的行为，它已作为生活方式的一种，合理地存在着。

无论婚与不婚，我们都要幸福。

注：为保护个人隐私，书中人物皆为化名。

目录

告白3：被爱伤害

告白4：都市新贵

告白5：剩下了谁

告白6：有些秘密，难以言说

告白7：我知，婚姻它永不会来

告白8：茫茫人海，总有奇葩

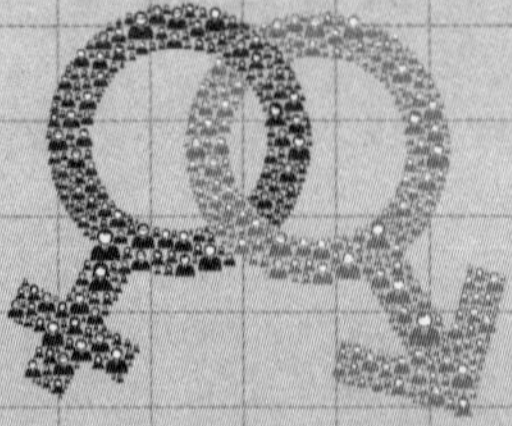

告白1：永失我爱

我的一生只属于我心爱的人

阿婆 女 已故

一辈子只爱一个人，并为这个人终身不娶（嫁），是无与伦比的幸福。

阿婆在相框中甜甜地笑着。这是她50多岁时的照片，但那双眼睛里，却依然有着少女的纯真。

在这个普通的小村子里，阿婆是个传奇。

她一辈子没有出嫁，只为一个曾经的誓言，守候了一生。

60多年前，她是二八年华的少女，在村口的大柳树下，邂逅了黄埔军校毕业，回家探亲的他。他雄姿英发，如玉树临风，她娇羞可爱，像枝头桃花。他向她问路，却原来是她家隔壁婶婶的侄子。他在婶婶家住下，和她隔墙相望。

她的父亲是私塾先生，教她识文断字。她在墙这边吟诗："锦瑟无端五十弦，一弦一柱思华年。"他在那边接："庄生晓梦迷蝴蝶，望帝春心托杜鹃。”很有些司马相如和卓文君的感觉。后来，她到河边洗衣，他跟着她，坐在她旁边看她，她粉面含春，羞中带怯。他给她念了一首诗：“我是天空里的一片云/偶尔投影在你的波心/你不必讶异/更无须欢喜/在转瞬间消灭了踪影/你我相逢在黑夜的海上/你有你的，我有我的，方向/你记得也好/最好你忘掉/在这交会时互放的光亮。”他告诉她，写下这首美丽作品的诗人叫徐志摩，他有许多特别好的诗作。在上海、北平、广州，有许多这样的诗人、学者。

他给她讲外面的世界，火车、黄包车、洋装、旗袍、革命、婚姻自由……她听得入神，感觉他好像是从云端走下来的神仙，心里有一个无限大的、她不知道的世界，一个让她无限向往的世界。

他本来打算只住7天，最后却住了整整一个暑假。

因为，他舍不得离开她。

他看她做女红，看她做饭，看她在紫薇花下喂猫，看她长长的睫毛像蝴蝶的翅膀一样翩跹。他教她写新体诗，教她写钢笔字，他握着她的手，能感觉到她的心，怦怦地乱跳。

夏日的夜晚，他终于对她说：“平儿，你等我好吗？我到广州安顿好就会回来，我要娶你，一辈子和你在一起，我要你做我的妻子。”

她羞涩地点头，对他说：“我等你，就在这儿，直到你来接我。”

两人依依惜别。他临走时，她抱着他，抽泣着一遍遍地说：“我等着你。”

可一年过去了，两年过去了，三年过去了，他还是没有回来。家里人劝她另择高枝，她却不肯。嫂子偷偷给她相了一个城里的老师，让她进城。老师说她有文化，可以安排她做民办教师。她给家人讲了古代烈女毁面的故事，说：“如果你们逼我嫁人，我就毁了自己的脸，让自己永远也嫁不出去。”家人再也不敢逼她。

望穿秋水，他依然不见人影。眼看，她已如同一朵鲜花，从盛开走向了凋零。可她依然在等待。

她四处托人打探他的消息，可他杳无音讯，包括他的婶婶、他的家人，都不知道他的去向。他的父母年事已高，只有这个唯一的儿子，为了他几乎哭瞎了双眼。她毅然对父母说："他说过要娶我，我就是他家的人。原谅我不能侍奉二老了。"她不顾一切地来到他的家里，侍候他的父母，等待他的归来。

他的父母带着对儿子的无限思念寿终正寝了，她留在了他家。他家没有她的户口，没有她的口粮，她不是这个村子的人，不管她怎么爱他，怎么想他，但社会规则不管这些，村里要的，是他俩的结婚证。她没办法，就自己在河滩上开荒，种红薯、种各种蔬菜，她要他无论什么时候回来，家里都有丰盛的饭菜迎接他。无论如何，她要等他，她认定了自己这辈子生是他的人，死是他的鬼。

她生得美，又孤身一人，常常有男人来骚扰她。三年自然灾害，她几乎饿死，有人背着粮食到她家，说只要跟自己好了，就保证她能天天吃到白面馒头。她用菜刀把那人赶了出去，吃了整整一年的树皮，熬了过来。十年浩劫，有不怀好意的人批斗她，给他扣上种种莫须有的罪名，说如果她愿意妥协，就取消一切。她冷笑不已，告诉对方，他一定会活着回来，证明这一切都是无中生有。睡觉时，她在枕头下面藏着剪刀，准备随时跟侵犯者同归于尽。看她如此刚烈，再没人敢骚扰她了。

一年又一年，她的青丝变成了白发，她的红唇如花朵般枯萎，再后来，她的眼睛也看不清了，可她依然每天坐在村口，朝着他离开的方向望去。她说："他答应我会回来娶我，就一定会回来的。"

那一年，她终于收到了一封信，是写给她的，可是她已经完全看不见了。邻居的孩子给她念信，她的心跳几乎停止。因为，那是他写给她的，他问她过得好不好。原来，他回到黄埔军校之后，就被带到了台湾，虽说一水相隔，但两边却无法通信通邮，他无法向她诉说自己的思念，也无法知道她的生活。现在，终于可以通信了，他不知道，她还在不在，还能不能收到自己的信，那个往昔羞涩美丽的少女，是否已经为人妻、为人母？

得知他要回来了，她幸福万分。她让邻居的孩子代自己写了一封回信，很快，他拍了一封电报，说会安排一个月内回来。幸福就像潮水一样淹没了她，她摸索着，把屋子收拾得干干净净，缝了几床新被褥，做了许多他爱吃的家乡小食，每天站在村口，痴痴地望着。

也许真的是盛极则衰，乐极生悲，也许是这么多年一直作为精神支撑的对他的苦涩的思念忽然融化了，总之，就在一个她翘首企盼的清晨，她忽然倒在了小路边，再也没有醒来。

一个月后，他真的回来了，可迎接他的，却是她的新坟。他几乎在她的坟前哭死过去。她一直在猜想，他高官厚禄，是否早已经娶妻生子，儿孙满堂？也许，她是不敢面对这样一个让自己心碎的场面，才猝然离去？可是，她根本不知道，他一直记得自己答应过她，要回来娶她，他一直记得她对他说，会一直等着。几十年来，虽然身边美女如云，可他却如元稹诗中写的那样："信步花丛懒回顾，半缘修道半缘君。"他没有娶任何人。她用几十年的时光在守候他，他也用忠贞不渝在回报她！

世界上最大的幸福，就是你怎样爱着对方，对方也怎样爱着你。

就像阿婆，和她等待了一辈子的阿公。他们虽然从来没有结合过，但他们的爱，胜过了世间多少生活了一辈子的夫妻。

你若不离不弃，我必生死相依

成戈 男 32岁 客户经理

> 当一对天鹅中，有一只不幸死去，另一只就会终日哀号，茶饭不思，直到郁郁而终。

20岁的时候，我认识了笑雅。我永远记得，我抱着篮球往操场上走去，一个冒冒失失留着童花头的小丫头从旁边一头撞上来，她手里拿着的糖葫芦的竹签扎进了我的手里。我们相识的开场，就这么血腥。

后来，笑雅常常说，这是不是一个不祥的预兆。

因为被笑雅扎破了手，无法参加校际篮球比赛，于是我便迁怒于她。可她永远那么甜甜地笑着，跟我说对不起，给我买吃的，帮我洗衣服。可我怎么都不待见她，说真的，我觉得这个比我低两届的女孩，简直傻得冒气。她的童花头、娃娃装、嗲嗲的嗓音，让人感觉她就像个没有断奶的小女孩。不像我们学校的文艺部长曾倩，穿着风情万种的V领长裙，长发飘飘，简直就是女神。

从此，笑雅就常常来找我，她给我带一大堆好吃的，我就拿去送给曾倩；我去打篮球的时候，她每场必在，不管我打得好不好，她都拼命喊着我的名字，令人侧目；我中场休息的时候，她会跑过来给我擦汗；我下场的时候，她就赶紧收走我臭气熏天的运动服和鞋子，跑到水房，洗得干干净净。可是，我特别烦她，因为别的男生都嘲笑我说："那个幼儿园小朋友追你追得很紧啊。"更要命的是，曾倩会甩甩她的一头长发，说："你那个傻蛋女朋友今天怎么没跟来？"

我让她离我远一点儿，她的眼里都是泪花，但却点点头，微笑着对我说："好，只要我离你远一些，你会开心，那我就离你远一些。但是，你能允许我远远地看着你吗？"

我的心不知道为什么，有点微微地疼。

笑雅好久都没出现，但是，我的衣服照样被洗干净，课桌的抽屉里常常有零食，比赛的时候，会有不知名的女生给我递矿泉水，我知道，这一切都是笑雅做的。

那天，我打篮球的时候不小心扭了脚，只好待在宿舍里，无法去上课了。一天中午，我睡得迷迷糊糊，听见有人进来，以为是室友，就说，哥们儿，给咱买个菠萝吃呗。等我睡了一觉醒来，笑雅坐在我床边，手里拿了个剥了皮的大菠萝。原来，刚才进来的人是她。可是她的嘴巴，怎么肿成了香肠？她含糊不清地说："因为找不到刀子啊。"

这个笨丫头，真是笨死了。那一天，我吻了她的香肠嘴，她成了我的女朋友。

她一毕业，我们就结婚了。笑雅在税务局上班，离家很远。每天早晨，她6点就起床给我做早饭，她的早饭花样特别多，一年365

天，每天都不重样，肉、蛋、奶、蔬菜、谷类，都搭配得很好。像上学的时候一样，她也不让我洗衣服，每天早上一起床，床头柜上，就摆好了配成套的干净衣服，包括洗得雪白的袜子。后来，笑雅怀孕了，可她仍然坚持每天这样做。我说："笑雅，你现在是孕妇，应该是我侍候你。"笑雅说："成戈，我爱你，怎么也爱不够，我不爱你的话，会死的，那比累更难受呢。"我哭了，发誓要一辈子都对笑雅好。

笑雅怀孕4个月的时候，我们去医院复查，却得到了一个不好的消息。医生说笑雅的心脏并不是很好，如果继续妊娠的话，恐怕会有生命危险。我坚决让笑雅拿掉孩子，笑雅却以死相逼，她说，她一定要生一个我的孩子，否则会死不瞑目。我们小心翼翼，可孩子还是没有保住，笑雅受了刺激，一下子由以前的活泼可爱变得沉默寡言。后来，她像一个得了健忘症的老人一样，渐渐地记不住事情，有几回，她甚至在外面迷了路，回不了家了。医生说，她因为受到强烈的刺激，得了失忆症，在潜意识里，她想忘掉一切。

可是，她唯一没忘记的是我。

每天，她仍然给我做饭，一丝不苟，一日三餐，但因为记性不好，经常会半夜起来，再做一顿饭。做完饭，她就坐在门口的沙发上，呆呆地望着门，等我回来。有时候，她会坐在客厅里，一口一口地用嘴啃菠萝——她只记得我爱吃菠萝。

那天，我遇到了来这个城市出差的曾倩，于是请她吃饭。在我们举杯的时候，我忽然发现落地窗外，有一个熟悉的影子——是笑雅。我慌乱不堪，因为曾倩毕竟是我以前的女神，这时候看到她，对笑雅的打击有多大，可想而知。

和我一起回家的路上，笑雅忽然握着我的手，说："戈，对不起，是我拖累了你。以后，你要找个好女人，好好地过。你一定要幸福，我才安心。”

我的心里，忽然有了不祥的预感。

果然，几天之后，笑雅开煤气自杀，幸好我刚好回家拿东西，才避免了一场悲剧。

我决定治好笑雅的病，和她快快乐乐地生活。通过网络和许多朋友的介绍，我打听到另外一个城市有一家医院，可以治好笑雅。我特意请了假，带笑雅去看病。一路上，我跟笑雅说：“笑雅，你很快会好起来的。等你好了，我们领养一个孩子，一家人和和美美地过日子。”

我们经过一片澄净的湖，湖面上，三三两两地游着几对天鹅。

笑雅忽然对我说：“戈，你知道吗？天鹅是世界上最忠贞的动物。如果一只死了，它的配偶就会终身孤单，终日哀号，直到郁郁而终。”

笑雅抬头对我笑了一下。我一辈子也忘不了她那天的目光，因为那目光那样纯净、充满爱意、充满信赖。也因为，那是笑雅留在我心里的，最后的目光。

就在我们经过一个十字路口的时候，一辆轿车忽然发疯般地冲了过来。我惊叫着赶快打方向盘，可是一切都晚了。

醒来的时候，我躺在医院里。我哭着问医生笑雅在哪里，医生沉默不语。

几天后，我在那个冰冷的地方看到了笑雅。她保持着一个拥抱的姿势，小小的身体蜷缩起来，那样令人心疼。

医生说，在出车祸的那一瞬间，笑雅扑到前面，抱住了我，用她小小的身体，挡住了呼啸而来的肇事车辆。她就像一个气囊，在那一刻使我幸免于难。她用她的生命告诉我，什么叫生死相依。

直到今天，笑雅离开我，已经整整5年了。我拒绝任何女性进入到我的生活里。这个世界上，我只有一个爱人，那就是笑雅，虽然她已经到了另一个世界，但她永远是我的妻子，我绝不会，也永远不会爱上另外任何一个女人，更不会娶任何一个女人为妻。妻子这个称呼，我永远都会留给笑雅。我永远记得笑雅在生命的最后一刻对我说的话："戈，你知道吗？天鹅是世界上最忠贞的动物。如果一只死了，它的配偶就会终身孤单，终日哀号，直到郁郁而终。"

我想告诉笑雅，我就是那只失去了伴侣的天鹅。我会终身孤单，直到生命的尽头。

只为梦中的你

萧晨 男 47岁 公务员

> “在你生命不曾有我，而在我心却有个你。”——歌曲《梦中情人》

40多岁了，我一直未娶，是光棍一条。其实我条件不差：毕业于名牌大学，粮食局的二把手，长得虽然不是特别英俊，但也充满了男人气概。一直未娶，让周围的人对我充满了猜测。他们觉得我是同性恋，或者阳痿不举，要么就是心理有问题。但我从来不对任何人解释原因。因为，美好的都要留在心底，那是只属于我的甜蜜。

因为，我爱邓丽君，狂热无比地爱着。

1987年的时候，我已经17岁了，在湘西一个小镇子上念高二，成绩不好不坏，人生也没什么目标。许多同学都不念书了，我只是想念个高中毕业，这样就可以做民办教师了，所以压力也并不大，学习成绩的好坏对我来说不重要。美好的人生对于我来说，可能就是做一名光荣的人民教师，娶媳妇生娃。

一天下午，我正在课堂上昏昏欲睡，忽然听到窗外传来一阵甜美的歌声："如果没有遇见你，我将会是在哪里，日子过得怎么样，人生是否要珍惜……"

我终于理解了什么是天籁之音、余音绕梁。

那个下午，老师讲的什么，我一个字也没有听进去。因为对面的理发店里，一直在放着这首歌。

一放学，我就冲了出去，跑到理发店门口问，这是谁唱的歌？

第一次，我知道了邓丽君这个名字，而且还看到了她的照片。她笑得那么甜美，就像花儿开在春风里，就像她蜜糖一样的声音。我知道了她是台湾人，14岁成名，她的歌声遍布了东南亚，是当时最红最红的歌星。我傻傻地问老板："我能见到她吗？"老板"噗"的一声笑了，说："你一个山里娃，还想见邓丽君？除非你能考上大学，当个国家主席。"

从那一天开始，我忽然开始发愤读书，我不知道那个老板的话是不是对的，但我知道的是，如果我永远在这小山沟里，那是绝对见不到邓丽君的。

每天我都埋头苦读，当我觉得特别累的时候，就跑到理发店去听邓丽君的歌。高三毕业的时候，平时学习成绩中等的我，竟然考了全校第一。拿到通知书的时候，我的喜悦不是来自我能上大学，而是因为，我离邓丽君近了一步。虽然，我并不知道她在哪里。

大学的学习并不像高三那么枯燥，而且城市的生活，要远远比小山沟里丰富多了。但我并不会像同学们那样去打台球、打牌、打乒乓球什么的，课余的时间，我到处搜集邓丽君的照片、磁带。为了能每天听到邓丽君的声音，我星期天跑到火车站扛大包，整整大半个学期，攒钱买来了一个燕舞牌录放机。我只要没上课，就肯定是在听邓丽君的歌。宿舍的人嫌我烦，说我天天听靡靡之音，我就把录放机拿到学校后面的小树林里，一个人听。夜幕四合，邓丽君蜜糖般的声音在夜空中飘散，我感觉她一直就在我身边，那么近，触手可及。

班上同学很多都谈恋爱了，有个女生很喜欢我，每天主动帮我打饭，帮我洗衣服，去听课的时候帮我占位置。可我怎么也不喜欢她，总觉得她很像人民公社宣传画上的女拖拉机手，一脸“我很能干我怕谁”的气质，再加上黝黑的皮肤，真是一点儿女人的妩媚和温柔都看不到。偏偏“女拖拉机手”还特执着，没事儿就往我们宿舍跑，她看到我床铺的墙上，和上铺的床板上都贴着邓丽君的海报，惊喜地说：“你也喜欢邓丽君啊？我也喜欢！”我忍不住笑了，说：“我觉得你应该喜欢《地道战》那类歌曲吧？”宿舍的同学都劝我从了那女生，因为她确实是个贤惠、能干，很符合贤妻良母形象的女生。可是，我心里美丽的让我心动的女性，是邓丽君那样的，她的样子，实在是差了十万八千里。

工作后，我有了自己的宿舍。我知道高中时理发店老板给我说的那些话只是个玩笑，也许我这一生都见不到邓丽君，但我还是喜欢她，迷恋她。在我的宿舍里面有一个很大的柜子，里面装满了邓丽君的磁带、碟片、传记、画册。那个“女拖拉机手”也跟我分到了一个单位。她多年来一直锲而不舍地喜欢我，而且愈挫愈勇。可我从来都跟她保持距离，不接受她的示好。她说，她就是不明白，我为什么总是这样冷冰冰的？

直到1995年5月，我们正在上班，忽然有同事进来说：“你们知道吗，邓丽君死了。”顿时，我感到天旋地转，心痛难忍，一屁股坐在了地上，泪水哗啦哗啦地流了下来。“女拖拉机手”惊讶地看着我问：“你怎么了？”我说不出一句话，哭得心碎肠断。

从此以后，“女拖拉机手”再也没找过我，她很快找了一个男人嫁了，她说：“我无法走进他的心里。以前，我觉得感情是可以慢慢培养的。但我现在知道了，他喜欢的人是邓丽君，这个，我永远也比不上。”

从别人嘴里知道了这些话，我忽然意识到，这么多年来，我一心一意地喜欢着邓丽君，我一直以为自己只是喜欢她的歌，但事实上，我不知道，其实我喜欢着她这个人，虽然我们从未谋面，但她充斥着我全部的生活，活在我的每一个毛孔里，每一次呼吸里，我永远不可能和她分开。我不可能喜欢任何人，因为我觉得任何人都比不过她，没有她那么美丽，那么温柔，那么甜美，更没有她蜜糖般的声音。虽然我知道，即使她不离开人世，我也不一定有机会见到她，更别提能娶到她，但我的心永远在她那里，谁也夺不走，谁也赶不走。

我大方地承认了这个事实，我说，邓丽君就是我的梦中情人，如果找不到和她一模一样的，我就不结婚。所以至今为止，我仍然单身，我想我一定会一直单身下去，因为这个世界上不会有和她一模一样的人。别人嘲笑我脑子有病，可莎士比亚说过：“爱和炭相同，当它燃烧起来的时候，是无法熄灭的。”

就像我对邓丽君的爱。它会一直燃烧，直到成为灰烬。

虽然，她并不知道我的存在，更不知道我会为她终身不娶。可是，谁会在意这些呢？我只愿守着她的那些碟片、录影、画报过这一生，当她的声音萦绕在我身边，我就觉得，那是她对我，最缠绵的诉说。

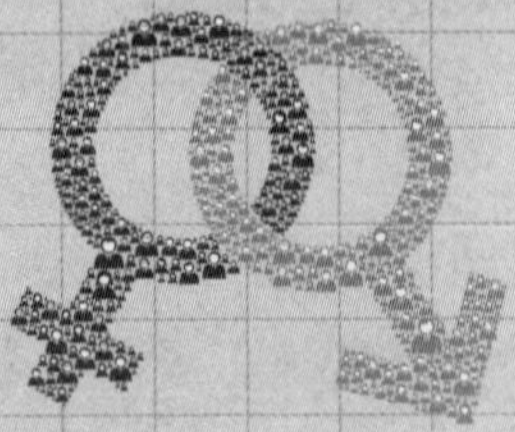

告白2：恐婚一族

人生总有得不到和已失去

蓉奶奶 女 年龄、身份不详

一个人不可能拥有一切。

谁也不知道蓉奶奶多大年纪了，好像她从来就住在村口的石屋里，而且会永远地住下去。蓉奶奶拖着一条编得整整齐齐的长辫子，戴着一顶黑色的帽子，雪白的辫子在黑帽子和黑色衣服的映衬下，显得特别有仙气儿。

蓉奶奶很少说话，总是沉默地干活，捡柴、做饭、洗衣服，满脸的皱纹，就像一个皱皮的核桃，牙齿也掉光了，再加上屋子里也特别昏暗，她又整天穿着一身黑衣服，小孩子们都感觉她是个巫婆。我们小孩子互相对骂的时候经常用的一句话就是："小心你被蓉奶奶抓走！"在我幼小的心灵里，我感觉她的屋子里有一大口黑锅，她会用各种方式骗小孩子进去，然后把小孩子放在里面煮。虽然，我们村到底也没有少一个小伙伴。

长大了，才觉得很奇怪，为什么蓉奶奶会一个人住呢？她为什么没有老公和孩子？去她家最多的人就是村干部吧，据说是逢年过节都要给五保户送粮食和钱什么的，平时，很少有人注意她，更没人到她那个黑乎乎的屋子里去。

曾经问过村里的长辈，也没人能说清楚，这神秘的一切到底是怎么回事儿。

有一年，几个背着相机的人来到村子里，对着蓉奶奶拍来拍去，还拍她的小黑屋。这时候，我们才知道了“自梳女”的故事。

原来，蓉奶奶已经快一百岁高龄了！

她生活的年代是清末民国时期，社会还处在男尊女卑的时代，女孩子被父母包办婚姻，嫁给一个自己不认识的人，到一个陌生的家里，生儿育女，辛苦劳作，还常常被婆婆和老公虐待！蓉奶奶还是小姑娘的时候，就常常看到村子里的媳妇被老公打得口吐鲜血，之后还要回家做饭奶孩子。更有甚者，家里的公公、婆婆、老公甚至小姑子都一起上手打人！真是太可怜了。在当时，珠江三角洲的经济就已经很发达了，女人不必依附男人生活，她们到纺织厂打工，能自己养活自己。有些女人看到出嫁的姐妹们的惨状，发誓一辈子不嫁人。那时的女子出嫁有个仪式，必须让母亲为她们梳一个发髻。她们就自发组织，准备好梳子、镜子、水盆、新衣服之类的，然后举行一个仪式，拜观音菩萨，把自己的辫子盘成一个发髻，并发誓永不婚嫁。从此，她们就住在自己的娘家，永远也不找婆家。每个村子里都有个姑婆屋，那是姐妹们欢聚的地方，闲暇之时，她们就开心地在那里欢聚玩耍，没有要侍候的公婆和老公，也不用生养孩子，生活得自由自在。

不过，在快要离开这个世界的时候，她们就不能在娘家住了，必须到“姑婆屋”去，咽下最后一口气。

蓉婆婆就是“自梳女”中的一员。最后解放了，她仍然保持着以前的生活方式，并且遵守自己的承诺，一辈子不结婚。她的姐妹们一个个都先她而去，只有她，孤独地留下来，固守着她们的誓言，和那个已经不再有欢声笑语的“姑婆屋”。

知道蓉婆婆没那么可怕了，我们也慢慢开始跟蓉婆婆接触。她给我们讲，其实在她的姐妹中，“自梳女”是根本没有婚约，从来不婚嫁的。但还有一种叫“不落家”，也跟她们差不多。那些姐妹是因为无法反抗父母的婚约，必须出嫁。但在出嫁的那天，她们会穿一件特制的衣服，新婚之夜，新郎根本就撕不开新娘的衣服，因此也无法行周公之礼。必要的时候，她们还带着剪刀，如果新郎敢霸王硬上弓，新娘子就用剪刀自卫，同时大声呼救。这时，躲在一边的姐妹们便会出现，将新娘子解救出来。3天过后是“回门”的日子，这天新娘子回到娘家，就再也不会回婆家，而是过起和“自梳女”一样的生活。不同的是，每逢婆家有红白喜事，她们还得回去，履行一个媳妇必须要履行的责任和义务。人们叫她们“不落家”。不管是“不落家”还是“自梳女”，她们都不能死在自己的娘家，在人生的弥留之际，她们能去的地方，只能是“姑婆屋”。

和蓉奶奶一起“自梳”的姐妹们，相继离开了人世，只有蓉奶奶一天天活了下来，岁数越来越大。人们早已经遗忘了她的身份，只是觉得她是个留着长辫子，无儿无女的怪老太太，而我们曾经都以为她是巫婆，因为她实在是太老了。

我回老家的时候，蓉奶奶还是以前的样子，好像自从我懂事以来，她一直都是那个样子。蓉奶奶坐在门口，雪白的辫子搭在膝盖上。我第一次不像小时候那样，看见她就尖叫着躲开，而是坐在了她旁边，陪她聊天。

我问她："蓉奶奶，你看到别的老人儿孙绕膝，自己却孤苦伶仃，心里难过吗？"

蓉奶奶说："你看，年轻的时候，和我一样大的姐妹结婚了，都在受苦，被公婆、老公虐待，整天起早贪黑，管孩子管老人，那会儿，我们逍遥自在，一个人吃饱全家不饿。到了老年，那些姐妹们身边儿孙满堂，人寿年丰，过着太奶奶、老佛爷的生活，而我们则成了孤苦伶仃没人照顾的老太婆。你不觉得这其实是一回事儿吗？就像吃甘蔗，我们从甜的那头开始吃，先甜后苦，她们则正好相反。其实吃的都是那一根甘蔗，又不会多出来一截。老天爷是公平的，他不会让你一直甜，也不会让你一直苦。所以，迟点甜，早点甜，是一回事儿。"

"如果再让你选择一次的话，你还会选择做自梳女吗？"

"会。你知道，我一想到小时候见到的那些可怜的媳妇所过的生活，就觉得不寒而栗。用那么多年的苦，换后面的甜，真有点不划算。再说了，你说一个人年老的时光又有多长呢？我算是活得太长了。我那些嫁了人的小姐妹，大部分都还没从做媳妇熬到当婆婆，就没了，有的是当上婆婆了，可自己的婆婆还在呢，还是不能做主。再说了，就算后面过得很幸福，可年轻的时候呢？人应该在人生最美好的时间里，过得最好。你说对吗？"

我竟无言以对。

世界上，得到和失去都是相对的。每样事物都有它存在的价值，每个人都有自己活下去的理由。人不可能拥有一切，更不可能拥有一切美好。你只能是，丢失了一些，得到一些，为了得到一些，再丢失一些。就看你这一生，最想要的是什么了。

就像蓉奶奶。

婆婆就像一根刺

叶一紫 女 30岁 房地产销售

有些人来到你的生命里，就是为了找不痛快的。

世界上最辽阔的是海洋，最恐怖的是婆婆。在我心里，婆婆这两个字，远远比老虎要可怕得多。

第一次领教婆婆的厉害，是在我5岁那年。我刚从幼儿园回来，还没进门，就听见院子里吵吵嚷嚷，进去一看，妈妈跪在地上，一个披头散发的老太太正一边抡开了膀子左右扇她的耳光，一边歇斯底里地大骂，周围围满了看热闹的左邻右舍。我从没见过的奶奶，就这样出现在我面前。后来长大了，我才听说，当初奶奶不同意爸妈结婚，爸妈偷偷私奔，来到北京，生下了我，就再也没有回去。奶奶打听到了他们的住址，就跑了过来。

从此，我们家的太平日子到了头。奶奶跟我们住在了一起，我们住的是小平房，她和我住一间，爸妈住一间。她要求我妈每天晚上给她倒洗脚水，每天早上给她倒尿盆，吃饭的时候先端给她，就算烫一点凉一点妈妈都会被骂，甚至被打。爸爸只要敢拦一下奶奶就会以死相胁，大骂爸爸不孝。从那天起，我们家就再也没有了往日的欢声笑语。10年后，备受折磨的妈妈患上肺癌离世，临终前，身高一米六五的她竟然瘦到了60斤。我们送走妈妈回到家，奶奶竟然一点儿也不悲伤，反而高兴地说："这个拐走我儿子的女人终于死了，这是报应。"那时候我只有15岁，从那以后，我再也没有跟奶奶说过一句话，心里对"婆婆"这个词儿也充满了厌恶和憎恨。

大学一毕业，我的闺蜜如如就出嫁了。她的婆家非常有钱，住的是三层别墅，家里有好几辆奔驰、路虎之类的车。我们还在辛苦打拼，每月拿着两千多的实习工资，可如如却能像买瓶饮料一样地买LV包包，我们那叫一个羡慕嫉妒恨呀。半年后，我到医院拿药，却看到如如神情憔悴、双眼浮肿、满脸是血地出现在医院里。如如看见我，禁不住泪流满面。她说她要跟老公离婚，因为那个婆婆实在是太可恶了。他们结婚之前，她害怕如如贪图他们家的钱，就逼着如如签婚前协议，表明离婚的话不要男方一分钱，如如签了。结婚后，她每天让如如吃剩饭，说为了表示她嫁过来，并不是为了锦衣玉食的生活什么的，可就算是家里的用人，平时也不吃剩饭的。她抱怨如如结婚后一直不怀孕，就请了一个巫师。巫师让如如大冷天的光着身子跪在院子里祈子，她差点没被冻僵。那天，如如因为贫血晕倒在楼梯边，婆婆立刻对她大扇耳光，还找来钢针刺她的人中，说她如果是装的就会受不了这个。我问："你婆婆为什么这么恨你？"如如说："一来，她嫌我出身不好，我家不是像他们一样的大富之家；二来，她寡居多年将儿子带大，好像有一种特别不正常的恋子情节，感觉媳妇嫁给儿子，就抢走了儿子。”

真是太可怕了。虽然我也已经开始谈恋爱，但是听到、看到的这些事情，让我感觉未来有个婆婆是那么令人毛骨悚然的事。

男朋友为了消除我的顾虑，带我见了他妈妈。他妈妈是个知识分子，优雅美丽、谈吐得体，非常温婉大方、知书达理。有这样的一个婆婆，应该会有好日子过吧。

可是，没多久，这个观点就被颠覆了。

我的一个发小忽然离婚了。她已经有了孩子，老公特别爱她，婆婆对她也不错，我们亲眼看见她婆婆在院子里给她晾洗好的衣服，连内裤都给她洗了，她坐月子的时候，我们去她家，婆婆还给她擦脸、洗脚，感觉跟亲妈似的。可发小却说：“什么呀，你们知道什么叫笑里藏刀吗？她给我老公找了个媳妇儿，那女孩她爸爸是个厅长，可我老公非跟我结婚不可，放弃了大好前途。婆婆把这些账都算到我头上了，但她从来都不会在表面流露出来，说话和颜悦色，跟我说话都叫我的小名，每天辛苦劳作，做饭做菜给我吃，连内裤也给我洗。我刚开始还感激万分呢，觉得以后一定要好好孝敬婆婆，让她安度晚年。每天我下班回到家里，虽然很累，但我还是会跑到厨房抢着干活，可婆婆每次都说，去休息吧，乖，上了一天班了，多累啊。我觉得婆婆特别温柔、善解人意，有时候真给人一种亲妈的错觉，慢慢地就习惯了不再进厨房。可不久后，老公忽然不理我了。我跟他说话，他却黑着脸，晚上睡觉也背对着我，冷漠万分。我不知道发生了什么事，问他他也不说。一个星期后，老公忽然摔了碗，大骂我说：

‘你这个混账东西！我妈辛辛苦苦把我养大，现在还要侍候你！你这个懒婆娘，在家什么也不干！’

“我怀孕后，婆婆天天到我单位送饭，所有人都觉得她对我太好了，太贴心了，只有我自己知道，我被算计了。因为她每天给我送的都是我不爱吃的东西。但这样一来，所有人的嘴都被她堵住了，如果我再说她不好，只能说明我不知足。真是有苦说不出啊。

“坐月子的时候，婆婆特别殷勤，也是一日三餐地给我做吃的，可是谁也不知道她每天给我端来的东西都是凉的。她洗衣服的时候，故意把我的衣服挑出来放在一边，一直都放得有味儿了，再直接晾干拿来给我穿。我不穿，她就说，孩子，你不换衣服会馊的啊。大热天，她自己在外面吹着空调，却不给我开空调，说是会吹着骨头什么的。要知道，气温都快到40℃了。我哭了，问她为什么这样对待我，她说，她都是为了我好。我气得冲着她大喊，恰好老公回来了，看见这一幕，就骂我不孝敬老人。她劝儿子说：‘你别骂她，她现在在坐月子，哭多了对眼睛不好！’我真的无语了。可我无论说什么，老公都不相信我，因为他说他看到了他妈对我一点一滴的好，没有几个婆婆会这么好。我承认，我没那么多弯弯肠子跟他们去斗，人生苦短，我不想把时间浪费在他们身上，还不如潇洒一点，放弃一切，重新开始。无论她是想把我欺负走，让那个她满意的女人替代我，还是单纯地因为不喜欢我而这样对待我，这些都不重要了。因为我要过我自己的人生，不想跟不幸和痛苦纠结，仅此而已。”

听了发小的遭遇，我更加对“婆婆”这两个字恐惧不已。我未来的婆婆看上去那么好，会不会也是笑里藏刀的笑面虎呢？

如果真的是那样，那人生也太恐怖了。想想我认识的婆婆，没有一个是好的，每个都有每个的坏，她们就像一根长长的刺，扎在媳妇的生命里，让她们欲死不能，欲活不成，痛苦一生。我的一生，为什么要被她影响和虐待呢？我是来享受人生的，而不是来找罪受的。思前想后，我决定一生不结婚。这样，就永远不会有一个婆婆来打扰我了，我想怎么生活，怎么乐呵，跟她没有半毛钱关系。

就让我的人生，单纯快乐一点吧。

这个世界上没有杰尔索米娜

欧平 男 42岁 无业

> “凡事皆有代价，快乐的代价便是痛苦。”——张小娴

第一次看到《鲁滨孙漂流记》的时候，我惊呆了。这样的生活，真的太刺激了。在一个荒无人烟的荒岛上，自己砍柴、伐树、盖屋，利用自己懂得的各种知识，建造起一个完全属于自己的王国，真是太有趣了。后来，我又看了凡尔纳的《神秘岛》，小说里，五个人在大洋深处的一个小岛上，赤手空拳，制造出陶器、玻璃、风磨、发报机……让本来荒无人烟的小岛变成了一个独立的幸福世界。

我太向往那样的生活了。10岁的时候，我收拾好箱子，准备出去流浪，跑到火车站，被我爸抓了回来，胖揍了一顿，并写了保证书，永远都不许再做出这样的蠢事。虽然我的身体还

守着各种规矩，可我的心，却时时在那些人们不知道的世界里幻想游荡。

大学时，我报名参加了摄影社，常常跟一群驴友到处跑，逛遍了各大名山大川，也去了许多不知名的野外丛林。我更喜欢在野外，住在帐篷里，听着山风呼啸的感觉。四海为家，到处流浪，是我的梦想。

被分配到税务局当公务员，虽然生活稳定、收入颇丰，用我爸妈的话来说，就是一辈子也不用发愁了。可是，泰戈尔说：“鸟以为把鱼举在空中是一种慈善的举动。”我不是家雀，我是雄鹰。

偷偷地辞了工作，我踏上了去西藏的旅程。一个月后，我在稻城亚丁的雪山下喝藏民的奶茶，老妈给我打来电话，气愤地让我一辈子都别进门了。他们知道了我辞掉税务局工作的事情，老爸被气得住进了医院。

我真想不通，选择一种自己喜欢的生活方式，有哪里不对呢？有人喜欢吃甜，有人喜欢吃咸，就算是父母，也不能因为自己喜欢吃甜，就强迫喜欢咸味的儿女也吃甜吧？还美其名曰“为你好”，真是想不通。如果他们担心的是我的收入问题的话，我敢说，我把一路拍摄的照片，卖给网站和杂志社，收入比税务局的工资能高出不止十倍。

就这样，我流浪了一年。回到家的时候，我的头发过肩，胡子长到了胸脯。我妈一开门，吓了一大跳，以为自己遇到了野人。

我妈给我买了新衣服，又拉我出去理发、刮胡子，告诉我，她给我相了一个很好的对象，是街道办的，长得漂亮，性格温顺，让我去和姑娘见个面。说实话，那些年我沉醉在四处流浪的美好中，从来都没想过，一个男人，是需要找个老婆，生儿育女过日子的。

我去了，姑娘很好，肤白眼大，身材苗条，如果娶回家，真的会让其他男人羡慕嫉妒恨的。可我说了一句话，就把人家吓跑了。我说："我喜欢流浪，你想跟我一起流浪吗？"

姑娘后来跟介绍人说："什么神经病啊，我如花似玉的一个大姑娘，难道就配得上一个流浪汉？"

不过，这件事情之后，我也觉得自己应该找一个姑娘了。毕竟，爱情也是人生很重要的一部分。我想找一个和我一样喜欢流浪的姑娘，每天，我们在最接近朝阳和最接近晚霞的地方牵手、亲吻、相依相偎、走遍天下，那才叫浪漫呢。

只是，我找了很久，都没有找到这样一个姑娘。她们都喜欢城市，喜欢朝九晚五，喜欢在现代化的被过度包装的景区旅游，拍一堆站在建筑物前噘嘴的照片，没有一个人喜欢看野外的星星，喜欢像风一样奔跑在路上。

一次，我跟着驴友团一起去野外登山。晚上，在宿营地的篝火旁，我给大家讲我流浪路上遇到的各种"趣"事：比如遇到狼群，比如在昆仑雪山上快要饿死的时候，发现了很久以前有人埋在那里的西瓜皮，比如差点被泥石流卷走……人群中有个姑娘，大眼睛眨巴眨巴，一直望着我。她就是璐璐。

那天晚上，璐璐跟我在篝火旁聊天到很晚很晚，她说她很向往我过的那种生活。小时候，她就特别想像三毛那样，跟着一个来自远方的男人浪迹天涯，觉得特别浪漫。我们在篝火旁，唱起了《橄榄树》。后来，我们拥抱了，她进了我的帐篷。

璐璐是我生命中的第一个女人，我很爱她，尤其是她的生活理念和我的非常一致，这真是千里挑一的宝贝啊。一年里，我带着她跑了许多地方，去怒江看独龙纹面女，去陕北窑洞看花馍、剪纸，跑到泰国连汽车都没有的小岛丽贝岛……因为有美女相伴，我拍了很多漂亮的照片，赚了不少稿费。年底，我们回到家里，爸妈看见璐璐，非常高兴，催促着我们结婚，璐璐也跟我说，今年赚了那么多钱，可以付房子的首付啦，有了新家，我们就安居乐业，再生个可爱的宝宝。

我顿时蒙了，问她："璐璐，你不是跟别的女人不一样吗？你不是愿意陪我浪迹天涯吗？"

璐璐说："我们这不是都浪迹过了吗？"

当璐璐听说我要一辈子过这种生活时，和我爆发了激烈的争吵。那天，我们不欢而散。后来，父母、亲戚、璐璐的父母都跑来给我做工作，让我稳定下来，和璐璐好好过日子，可是，过他们说的那种常人的生活，我真的会窒息的。

最终，璐璐跟我分道扬镳，我又一个人踏上了流浪的路。后来，我在路上也有碰到过能和我两情相悦的姑娘，但没有一个姑娘，愿意和我一起，永远走在流浪的路上。

我绝望了，难道这个世界上，就没有一个和我一样的姑娘吗？我想起了费里尼执导的电影《大路》，那里面有个痴情的弱智女孩杰尔索米娜，被母亲卖给了流浪艺人藏巴诺，但她一直都追随着他，不管他到哪里，不管他是不是利用她，不管他怎样遗弃、嫌弃她。他给她的只有伤害，可她却只要跟他在一起。为什么上天不赐给我一个杰尔索米娜那样的女人，那我一定不会像藏巴诺那样伤害和遗弃她，她一定会是我生命中价值连城的珍宝。

可是，这样的女人，只存在于电影里。现实中的女人，都要安稳，要安全，要温暖，要无穷无尽的舒适的感觉。我给不了她们。

后来，我就宣布要打一辈子光棍。这一生，我就是要到处漂泊，到处流浪，哪怕独自一人，也许，那种每天早上醒来都准备出发的美好，只有我一个人能感觉得到。

这一生，我并不是为了婚姻而生，而是为了流浪而活。

我的婚姻不属于我自己

TIM 男 34岁 演员

我们的一生，有时不仅仅属于我们自己，还属于很多人，属于这个世界。

明星不仅属于自己，还属于经济公司，属于所有的粉丝。

比如我。虽然我没有周星驰、成龙、王力宏他们那么星光熠熠，但也有着众多的粉丝。他们给我建了贴吧、网站、微博以及微信等，无私地为我做宣传；只要有比赛，他们就夜以继日地为我刷票，为我呐喊助威；在片场，常常有粉丝找来，他们也不打扰我，只是给我送礼物，给我送煲好的汤，只看着我收下，他们就开心和知足了。记得有一次，有位院线老总告诉我，我的作品刚上映的时候，有一个粉丝跑来，一下子包了10场电影，并对影院的工作人员说："你们请所有喜欢他的人来看吧。我就是喜欢他，要支持他一下。"有人问他："你这样做，你的偶像又不知道。"他说："不需要他知道。能为他做些事情，就是我的幸福。”

有时候我会想，我何德何能，可以得到这样的宠爱？世界上有那么多人，粉丝为什么喜欢我？为什么他们只为我付出，却不需要回报？世界上除了你的父母，有多少人能做到，只要你开心，他就幸福？这份真情，真的让人非常感动。

以前，我并不知道，一个人喜欢一个素不相识的人，甚至爱上对方，能到那么狂热的地步。

那一年，我去了南方的一个城市举办歌友会。那天来了一百多个歌友，他们呼喊着我的名字，喊着“我爱你”，气氛热烈极了。我唱完歌后，主持人又让我和大家进行互动。大家问了我很多很多问题，比如喜欢看的电影，喜欢的明星、颜色，生活习惯，等等。后来，一个清秀的女孩子忽然提了一个问题：“你有女朋友了吗？”

那时候，我正在热恋中，我恨不得对全世界宣布我爱我的女朋友。于是，我脱口而出：“有，她是世界上最美丽的天使。”

那个女孩子说了一句“谢谢”，忽然泣不成声。因为后面还有很多人提问，因此我没再注意她。

第二天，我听到一个令人震惊的消息，那个女孩子死了。她听说了我有女朋友的事情，忽然崩溃了，没等节目结束就跑了，跳进了附近的河中，溺水而死。

我呆呆地坐在那里，盯着编导给我拿来的那个女孩的照片。她很漂亮、清纯，剪着乖巧的童花头，只有16岁。这个如花的生命就这样消逝了，而这一切都是因为我。

后来，我去了她家，看望了她的父母，他们已经崩溃了。在女孩子的房间里，到处都贴着我的海报，书架上放着我所有的作品，以及她写的日记。她从11岁就开始喜欢我，她说，每当她学习特别累的时候，只要看看海报上的我，就马上精神百倍。每天晚上回来，她会把每天的开心和不开心都说给我听，觉得我就是她最知心的朋友。她在日记里写道："我是那么那么喜欢你，喜欢你的一颦一笑，喜欢你的一切。你一定要等我长大哦，我要做你的女朋友，我要每天、每分、每秒都和你在一起，我想一辈子都和你在一起。请等我长大。"

可惜的是，我不知道这些，贸然地说出了一切，害得她如花的生命，就这样过早地凋零了。虽然我知道，这不是我的责任，但我却深深地自责着。也许，我骗她一下，她就不会伤心难过到要死要活；也许，她过了这个年龄，有了真正相爱的人，就会明白，这不是爱情。如果这世界上有卖后悔药的，不管多少钱我都买……可是，世界上什么都有，就是没有如果。

以前，我从来没有考虑过这种问题，我只是觉得，我就是我，我有我的生活，表演、唱歌不过是我的职业，我知道有很多人喜欢我，我也很感动，只是没觉得，其实我的一举一动，都会对他们有影响。尤其是那些还没有成年的孩子，他们的心理还没有完全成熟，会因为我说的一句话，或做的一件事，而改变他们的一生。

从此，我给自己定了许多规矩。其中的一条就是永不结婚，也不透露我谈恋爱的消息。因为，我害怕还有别的女孩子，像她一样。我不要悲剧再发生。

一辈子不结婚，这不是我做明星的代价，而是责任。

我对女朋友说："委屈你了。"

她甜甜一笑，说："我爱你，就要理解你的工作，和你从事这个职业所必须付出的代价。"

从此，我总是以单身的身份示人，从来不提结婚和恋爱的事，如果有狗仔队穷追不舍，我就含糊其词、声东击西。他们总不能生编一个老婆给我吧。

就这样，我的粉丝里再也没有人发生过类似的悲剧。

有时候，我就想，这样牺牲个人，是不是值得。刘德华都宣布结婚生子了，成龙大哥的儿子也都长大了，那么多星爸星妈，大家都自己过自己的日子了，我干吗要顾忌那么多呢？可再想想，那么多其实跟你素未谋面的人，那么单纯地爱着你，为你付出，为你笑，为你哭，什么也不图，你有什么理由不珍惜他们呢？

不计一切地爱我们的人，也值得我们付出一切。

父母的婚姻让我不相信爱情

刘以恒 女 31岁 公司职员

> 如果两个相爱的人，最终都会变成这样，那不如把最初最美好的感觉，永远保留在心底。

6岁那一年，我幼儿园快毕业了，正跟着老师天真地跳着《我爱北京天安门》，姥姥火急火燎地跑到幼儿园，要把我接回家。我高兴极了，却不知道姥姥为什么泪流满面。

姥姥并没有带我回家，而是把我带到了医院，在那里我看见平时活泼的妈妈，躺在病床上，几个护士按着她，把一根管子强行地塞到了她的嘴里，将一些液体灌了进去，之后，妈妈就吐啊吐啊……我“哇”的一声就哭了。

爸爸抱着头坐在走廊里，舅舅和姨妈来了，舅舅一拳就把爸爸打倒在地，顿时，到处都是鲜血。一瞬间，我吓得忘记了哭。

我记得那一天是爸爸的生日，我早上走的时候，妈妈还甜蜜地告诉我，她给爸爸亲手做了一个蛋糕，我们要给爸爸一个大大的惊喜。可是，那天妈妈去爸爸单位，看见爸爸和一个年轻姑娘在他的办公室里拥抱。转身妈妈跑到街上就买了一瓶农药，回到爸爸单位门口喝了下去……

从那一天开始，爸爸再也不把我扛在肩膀上出去玩耍了，妈妈的脸上也再也没有了笑容。每天回到家里，大家都沉默地吃饭，如果有人说话，最后一定是以掀翻桌子收场。晚上，爸爸如果回家，要么埋头就睡，要么酩酊大醉。不管是哪一种，妈妈都要数落他半天，骂他不负责任、伤风败俗等等，过不了一会儿两人就厮打在一起。那时候，我们家就像世界大战的战场，什么锅碗瓢盆、桌椅板凳，都是发泄对象，经常第二天早上起来，地上到处是碎玻璃渣和碎瓷片，爸爸早已去上班，而妈妈则鼻青脸肿，眼睛肿得像两颗大核桃。

有时候我们一起去走亲戚，爸爸妈妈和我都穿得体体面面，看上去像幸福的一家。可到了亲戚家不一会儿，两人就开始互相数落，甚至大打出手。小小的我，看到周围人嘲笑的目光，真是无地自容。

他们争吵的主题永远是爸爸的那个外遇。爸爸把赚的钱都给了那个女人，却不用来养家。妈妈每每提起，就泣不成声。那个女人是爸爸的下属，长得很像一根丝瓜，皮肤松松的，但很白，说话嗲嗲的，却有足够的蛇蝎之心。她多年来都跟爸爸纠缠在一起，不管爸爸离不离婚，而且常常打扮得花枝招展，跑到我妈单位门口晃悠，看见我妈就对她讽刺挖苦，比如“黄脸婆”“水桶腰”什么的，气得我妈妈七窍生烟。我记得妈妈有次回家，恶狠狠地跟我说：“哼，老娘我就是不离婚，一辈子都不离，让她一辈子当小三儿！”

但，男人的心走了，什么都留不住。就算我妈拉皮，天天做美容，穿得珠光宝气，都无济于事。我上初中的时候，爸爸索性不回家了，住在了那个女人家里。妈妈简直要吐血身亡，她拉着我跑到我爸的单位告状，说我爸重婚、养野女人，什么什么的。单位领导好言相劝，让她注意影响，息事宁人，她竟一不做二不休，跑到了爸爸单位在北京的上级单位，狠狠地告了一状，说他贪污、腐败、堕落之类的。虽然最后上级查明他除了有个情人，其他什么问题也没有，但因此爸爸的事业遭受到了重挫，他的职位永远停留在了副处长上，无法再升上去了。

打蛇打七寸。我爸我妈都够狠的，打人都打在致命的地方。爸爸犯了一个女人最忌讳的错误——外遇，而妈妈也刺到了爸爸阿喀琉斯的脚后跟，事业是一个男人的命根子，是男人活着的意义，多年的奋斗都毁于一旦，他能不暴跳如雷吗？

后来，我听别人说，爸爸喝多了酒，跟一个朋友说，我妈这辈子就是他的仇人，他不会跟她离婚，但也不会跟她好好过，他要让她有着婚姻的壳，却享受不到任何婚姻的实质，不管是钱，还是性，更不要提爱。他要跟她死磕到底，拖死她的一辈子。

他们再也不提离婚。但爸爸从来不回家，妈妈倒是找他，要他给我的抚养费。他摊摊手，笑着说："我没钱，你的男人没本事，你不知道吗？你男人的官位都被你影响了，剩的那点钱，还要养野女人，哪儿来的钱？"我妈骂他不要脸，他骂我妈扫把星，说不了几句，两个人就会打一架。

有时候，爸爸会带着那个女人，到我们小区转一圈，跟东家寒暄，跟西家聊天，那女人也有意思，就这么配合着我爸，打扮得跟火鸡一样当道具。我妈一回家，就气上心来，拿着菜刀追出来，满院子都是她的号叫声。

高三暑假，我收到了北京外国语大学的录取通知书，仿佛脱笼之鹄，我感觉终于可以松一口气了，至少，我再也不用看到他们两个人你死我活的斗争。离开学还早，我就开始准备行囊了。没想到，我翻到了父母年轻时候的情书和照片。婚纱照还是黑白的，可是新人脸上的幸福，却像蜜糖一样流溢。在漫天的樱花树下，他们都是那样青春年少、神采飞扬，他们含情脉脉地对望着，仿佛世界只剩下了他们俩人。我甚至不敢相信，照片上那个小鸟依人地靠在爸爸肩头，神态温柔而娇羞的新娘，是我妈妈。情书也是那么甜蜜，爸爸写："感谢命运，让我与你相遇，感谢我的生命中有了一个你。今生有你，我觉得已经拥有了全世界。"我真的无法想象，两个曾经这么相爱的人，怎么会走到现在剑拔弩张的地步呢？

上大学后，爸爸曾经出差时来看我，我对他不冷不热。他很伤心，对我说："孩子，总有一天你会理解我。你妈妈以前很温柔可爱，是个善良可人的女人，可是后来变得性情古怪，不可理喻。我后来的那个情人，其实我和她当时什么事情都没有，只是那天我很郁闷，她拥抱了我一下，仅此而已。可你妈妈毁掉了我的一生。"

暑假的时候我回家，40出头的妈妈，头发已经花白。她对我哭诉，说我爸爸是世界上最没有良心的人。当时，全家都反对自己嫁给他，她不惜跟家人决裂，和爸爸在一起。可她生完孩子之后，爸爸就再也不像以前那样温柔地对她，还找了情人。

清官难断家务事。小时候，我恨爸爸，觉得是他管不住自己，毁了这个家。可此刻，我感觉到婚姻破裂这件事，真的是一个巴掌拍不响。他们各有各的理由诋毁、侮辱对方，但是，他们都忘记了最美好的当初。在他们的婚姻里，只有指责、要求，没有宽容、理解，所以他们才会这样永远没有尽头地纠缠、死磕。

我永远也不想要这样的生活，如果两个相爱的人，最终都会变成这样，那不如把最初最美好的感觉，永远保留在心底，永远不要有这样的对峙和不堪。我想，永远不结婚，不找对象，就永远不会有这样的烦恼和绝望吧。

我妈打电话来，说我爸到法院起诉离婚，她说："这是要恩断义绝了，我偏不离，我就不让他们得逞。"这一刻，我更加觉得，我单身一辈子的念头，是如此正确和英明。

恐惧生孩子

李春梅 女 41岁 网站编辑

> 最好从来没有，永远没有。从根源上永远杜绝生孩子的可能性，那才是最好的。

周围有许多人都戴着有色眼镜看我，觉得我不结婚不生孩子，是个怪胎。其实，原因很简单——我害怕生孩子。

我永远也忘不了16岁那年，我到哈尔滨大姨家去过暑假。那时候，大姨的儿媳妇大着肚子快生了。她简直就像那种我在书里看到的蜜蚁，后面拖着一个比身体还大的肚子，天天忙碌着，我感觉她随时都有可能栽倒。

有一天，我和表嫂在家里择菜，家人都出去了。忽然，她捂着肚子倒在地上，不停地呻吟，只见一摊鲜血从她的腿间流了出来。我呆呆地站在那里，感觉整个人都是蒙的。

表嫂说，快，去叫大人。

我打了“120”，然后又出去找人。可白天大人都去上班了。好不容易找来了一个老奶奶。我俩根本搬不动表嫂，她躺在地上，不停地呻吟、号叫，头上是豆大的汗珠，血不停地流着，我吓得浑身发抖。

“120”迟迟不来，老奶奶果断地让我帮忙，脱掉表嫂的裤子。我想，我一辈子也不想看到那个血肉模糊的场景，但它却确确实实地发生在我眼前。我帮忙烧热水、找卫生纸、找剪刀……十几分钟之后，一个婴儿降生了。表嫂安然无恙，我却晕倒了。

至今，我还能记起当时的场景。只要提到能和生孩子联系起来的事情，比如恋爱、结婚、医院……我的眼前，立刻就是一片血红。

上大学的时候，周围的同学都恋爱了。只有我一个人，像只孤独的小鸿雁，总是独自飞来飞去。我最好的朋友雯雯说：“你是不是想钓个金龟婿呀？”我说：“哪怕他是金山婿，我都不稀罕！我这辈子也不要找对象。”雯雯说：“你是没有尝到找对象的好处啊。等你知道了，你说不定哭着闹着要找呢。”

说真的，有时看见雯雯和她男朋友，我还是很羡慕的。那男孩虽然长相一般，但对雯雯特别好：他每天给她打饭，还给她洗衣服；雯雯所有的化妆品、衣服、包包，都是他打工赚钱买的；星期天，他带她看电影、逛公园、下馆子；她生病的时候，那男孩心疼的样子，好像恨不得自己去替她生病呢。看到他们甜甜蜜蜜的样子，我有时在想，也许恋爱真的是件很美好的事情呢？

可就在这时候，出了一件大事，让我永远打消了这个念头。

有一天，雯雯悄悄爬到我床上，说：“姐们儿，帮我个忙。”

我豪爽地说：“客气啥，直说。”

雯雯说：“我怀孕了，你陪我去打掉这个孩子。”

雯雯的淡定，真是让我倍感震惊。

“他为什么不陪你去？”我问。

雯雯说：“他不敢去。但他给了我两千块钱。算了，我就不为难他了。”

周末，我跟雯雯踏上了去外市的长途车。这种事情，不可能在本地医院做的，万一遇到雯雯的熟人，那可就完了。

经过3个小时的奔波，我们到达了那家事先约好的医院。进手术室前，我紧紧拥抱着雯雯，说：“雯雯，会很疼的，我好心疼你。”雯雯潇洒地说：“你放心吧，他给的钱足够，我做的是无痛的。”她笑着给我比画了一个“V”的手势，无比青春灿烂。可我当时万万没想到，这是她留给我的最后的笑容。

1个小时后，医生推出了雯雯的尸体。在手术过程中，因为意外大出血，她永远离开了我。我看见她的脸，还是那么美丽，那么青春，神情那么祥和，可是，床单下，那么多那么多的鲜血，好像她身体里的血都流光了。

我当时就晕倒了。

雯雯的妈妈找到了学校，又通过我找到了雯雯的男朋友。可是那个平时对雯雯柔情蜜意，恨不得把星星月亮都摘下来给她的男孩，竟然不承认雯雯是为了他去打孩子的。他振振有词地说：“我是和她在谈朋友，可是我跟她没有那种关系。我不知道她怀的是谁的孩子。”

我还记得雯雯躲在被窝里，甜蜜地和我说她第一次和他接吻，第一次和他拥抱，第一次为他付出少女身体时的羞涩。

我找到那个男孩，狠狠地给了他一个大嘴巴，说：“人在做，天在看，你等着，老天爷会把今天你对雯雯做的一切，还给你的。”

可是，十几年后，我又见到了这个男孩，他已经是一家公司的高管，开着奥迪，带着漂亮的老婆，还有了两个孩子，过得春风得意。我不禁一阵心酸，想起好朋友雯雯悲惨离去的场景，忍不住泪如雨下。

生孩子本来就那么可怕，是女人冒着生命危险的付出。可是女人辛辛苦苦，又担这么大风险生孩子，到底为了什么呢？就算你把命搭上，过后男人还是该风流风流，该快活快活，谁又能记得你是谁呢？

从20岁开始，有许多男人追求我，只是我都拒绝了。因为表嫂和雯雯的关系，我恐惧生孩子，恐惧怀孕。

亲戚朋友都替我着急，他们听说了我不恋爱不结婚的原因后，都纷纷给我介绍离异有孩或者丧偶有孩的中年才俊。我想，如果真的可以不生孩子的话，也是可以考虑的。于是，我跟其中一个叫桥的男人试着接触了。

我从没谈过恋爱，什么也不知道，桥说我羞怯的样子就像个小女生，很迷人。他对我非常感兴趣，几乎每天都开车在我公司楼下等我，带我去吃饭、逛商场、看电影、赏夜景……相识两个星期后，KTV里，我穿着高跟鞋一个趔趄差点摔倒，多亏桥眼疾手快，一把把我抱在了怀里。那一刻，我闻到了一股好闻的烟草味道，那是一个成熟男人的味道。桥继续抱紧了我，低下头，盖住了我的双唇。那感觉，麻酥酥的，好像过电一般——这是我的初吻啊。

可是几秒钟后，我的脑海中忽然出现了表嫂和雯雯的影子，我立刻推开桥，惊恐万分。

桥温柔地问我："怎么了？"

我慌乱地说："不，这不行。"

桥问："为什么？"

我说："会怀孕！"

桥哈哈大笑："你都快40了，怎么连这点常识都没有啊？接吻是不会怀孕的！"

我说："接吻不会，可是接吻完了再深入地进行别的步骤，就会了。"

"你太可爱了，我保证不会让你怀孕的。"桥又要拥抱我，我却躲开了。我问："是不是如果我们在一起，就必须这样亲密？发生关系？"

桥耸耸肩："那我娶个老婆干什么呢？我知道你恐惧生孩子，我已经有孩子了，我保证不让你生。"

我说："如果我们不发生关系，那可以。"

桥跟我分手了。因为他觉得我很可笑，甚至很变态。男女结婚生活在一起，怎么可能不亲密，不发生关系呢？

想起电影《非诚勿扰》里，车晓扮演的那个女人对着葛优竖起一根指头，说"一年一次"，我觉得，我连一年一次也不想有，最好从来没有，永远没有。从根源上永远杜绝生孩子的可能性，那才是最好的。

不管他们说我变态也好，有怪癖也好。反正，这就是我此生的决定。

告白3：被爱伤害

当华美的城堡坍塌如泥

原来　女　53岁　银行职员

等到风景都看透，我只想一个人看细水长流。

原来生活在浙北的一个小城市里，已经50多岁了。她的身材很苗条，打扮考究，藏青色的套装，系着一条粉底红花的真丝围巾，大大的手包和高度适中的高跟鞋，利落的短发，自然到几乎看不出化过妆的精致容颜。不要说在小城市，就是走在大都市的街道上，原来也丝毫不逊色于任何时髦女性。

虽然年龄不小了，但因为风度足够，风韵犹存，许多适龄男士都对原来大献殷勤，其中不乏各行业精英，其中多的是才貌财俱佳的佼佼者。有一次，一个做家具生意的老总喜欢上了原来，对她说："原来，只要你嫁给我，我马上送你一个小宝马MINI，外加一个你最喜欢的美容院。"可，原来总是嫣然一笑，拒之千里，宛若冰美人。

推开原来的家门，大大的三室一厅，一色的藤编家具，干净而充满田园气息。外面还带着一个露台，露台上种满绿植，在绿荫与红花之间，摆着舒适的摇椅。咖啡壶、功夫茶具、各种做手工的家什儿，一应俱全。柔软的沙发上方的墙上，挂的是原来亲笔画的水粉画。屋子里，飘散着淡淡的香气。

但，这个家里，没有一丝男人的痕迹。好像不曾，也永远没有男人踏进过半步。

单位和院子里的人，对原来充满了猜测。因为像她这样年纪的女人，在小城里，一定是儿女双全，乖孙绕膝，天天为了全家操劳顾不上收拾自己，清早穿着老头衫、大拖鞋跑到菜市场买菜，闲暇时和隔壁二婶子聊邻居的家长里短。但她，真的太另类、太优雅、太轻松、太不食人间烟火了。

据说，她从未结过婚。

有人说，她是银行高层的秘密夫人；

有人说，她是一个同性恋者；

有人说，她有心理疾病；

还有人说……

总之，人们对她光鲜却又寂寞的生活，充满了猜测，充满了好奇。每个人都想知道，这个徐娘半老，却风韵犹存的女人，为什么过着这样孤独而又神秘的生活。

可是，谁也没见过她跟某个男人一起出双入对，更没有见过任何一个男人，走进过她的家。

其实，在20多年前，原来青春美丽，像一朵含苞欲放的栀子花。那时，她在去张家界的旅途中，遇到了泥石流，客车被困在了半路上。春意料峭，她穿得美丽却冻得发抖，邻座的男孩敞开自己的大衣，裹紧了她。就这样，他们相识、相恋，爱得死去活来，仿佛一刻都不舍得分开。他说："原来，我这一生，就是为你而来。就算我跟你只爱了这一个月，死了也都值得了。"虽然他们的单位相隔只有两站地，可他每天都给她写信。原来在柜台下读那些信，他写："问世间情为何物，直教人生死相许。"他写："我愿做一只小羊，跟在你身旁，我愿你手中细细的皮鞭，不断轻轻敲打在我身上。"他写："我的心灵和我的一切我都愿你拿去，只求你给我留下一双眼睛，让我能看到你。"读那些信件的时候，原来幸福到全身战栗。

相爱一个月后，原来生日，吃蛋糕时，一枚大大的钻戒硌到了她的牙齿。他单膝跪下，潸然泪下："原来，嫁给我。你就是我今生唯一的妻子，永远的爱人。除了你，我再不会爱第二个人。"

除了喜极而泣，频频点头，原来还能说什么。

结婚，是唯一的选择。

蜜月，是那么甜蜜：早晨，她在他的吻中醒来，他已经做好早饭，有时是小米稀饭，有时是豆浆油条，但无一例外，温度都刚刚好；他们牵手，一起上班，一起下班；夜里，他们极尽缠绵，好似过了今夜，就再也见不到彼此。相爱的两个人，觉得活着、爱着，就是人世间最美好最快乐的事情。

不久，原来怀孕了。他捧着她的肚子，亲个不停。一切似乎都完美无瑕，也许是上天嫉妒他们的幸福吧，四个月时，她忽然流血不止，他送她到医院检查，结果医生告知她怀的是葡萄胎。这一切犹如五雷轰顶，他抱着她泪流不止，说："别害怕，我们还年轻，以后想要多少都可以。"可医生建议她切除子宫，否则会危及生命。他抱着头，蹲在地上，很久都不说话。

迫不得已，原来失去了自己的子宫。他一言不发，像行尸走肉般照顾着她的生活。原来以为他伤心过度，却也不知道怎样安慰他。

几个月后，原来痊愈了，但从此要靠吃雌性激素维持女性特征。她依然妩媚动人，楚楚可怜，可他却再没有碰过她。原来想亲近他，抱着他、亲吻他、抚摸他，他都姿势僵硬，然后把她推开。他们再也没有鱼水之欢，原来以为，是因为他们很久没有亲密了。一天下班后，她买了酒、红烛，在田野里采来野花插在瓶子里，把屋子布置得浪漫极了。他一回来，原来就扑进他的怀里，莺声燕语。可是，他却推开了原来，大声说："你他妈的让我往哪儿使劲呢？"

瞬间，华美的城堡坍塌了，帷幕缓缓拉开，露出了里面的破败不堪。

他嫌弃她了！

他觉得她不再是个女人！

以前的生死相依，不离不弃，原来只是个美丽的谎言。

无论什么样的海誓山盟，都敌不过一个子宫。

原来，当一个女人不能再让男人行周公之礼时，爱便也消失得无影无踪了。所谓真爱，不过如此。

原来心灰意冷，吃下了一大堆安眠药，一心求死。只是，母亲哭天抢地的喊声叫醒了她。是啊，母亲年纪轻轻就开始守寡，靠卖煎饼把她拉扯大，供她读书，好不容易她进了银行工作，结了婚，母亲苦尽甘来，她的决绝，就是把母亲一辈子所有的希望都生生地撕碎了。母亲泪流满面，说："原来，如果你真的走了，那妈妈也不活了。你知道吗？就是因为你，妈妈才能撑着活到今天。要不然，我很早以前，就跟你爸爸去了。”如果说，还有什么能让原来留恋这个世界，那就是亲情了。她果断地离了婚，没有一丝犹豫。从此，她的情感世界里，只有母亲，没有其他。

好在，她的工作单位福利不错，她分得了一套大房子，薪水也足够，她和母亲，生活得富足轻松。

其间，因为寂寞、孤独，她也曾想过找一个男人，可正常的男人，一听说她没有子宫，都叹息不已，摇头离去。只有一个男人没有退缩，对她穷追不舍，可后来发现，那个男人只不过是想利用她在银行的关系，给自己贷款而已。再再后来，只要有男人追求自己，原来就告诉对方：“我没有子宫，不是个完整的女人。”那些男人立刻就作鸟兽散了。

虽然，原来后来知道了，即使没有子宫，依然不会影响夫妻生活，但是，她害怕看到那些男人听说她没有子宫时，那种觉得她连个人都不算的惊恐表情，看不惯其他人听说这件事时流露出对她的同情。

刚开始的时候，母亲也让她找一个男人作伴，后来，母亲也失望了，退而求其次，要她领养一个孩子。她说：“我自己都过得这么糊涂，怎么给一个孩子幸福？再说，我为什么要把自己的人生，奉献给一个和我没有一点血缘关系的孩子？”其实，她最真实的想法，是害怕，她害怕一个跟自己没有血缘关系的孩子，就像一根耻辱柱，时时刻刻都竖立在她面前，提醒她，她是个不完整的女人，这辈子都生不了孩子。

后来，母亲离开了人世。她也习惯了一个人生活，就这样，每天过着在外人面前光鲜的生活，那些流言蜚语，她也早不在乎了。

原来觉得，周围没有人会在乎你的疼痛，没有人会解救你的苦难，没有人会伸手救你脱离苦海，所以，你又何必在乎他们对你的态度呢？

想通了，原来过得很快乐。不婚，快乐地活好每一天，享受活着能享受到的所有的好，既然人人都有的东西她没有了，那么别的东西，她就要享受得多一些。所以，原来会给自己买最贵的服饰，吃遍城里所有的饭店，家用的东西都买最好的，每年出去旅游。除了婚姻，世界上还有那么多有趣、好玩、美好的东西。

等到风景都看透，一个人看细水长流，也没什么不好。

没有了枷锁，人只会更加自由

兰馨 女 45岁 住家保姆

谁会因为一朵花，而失去整个春天？

40岁，我遭遇了人生中最狗血的一幕：丈夫和自己的律师事务所里一个28岁的年轻女人好上了，把我赶出了家门。做律师的丈夫，知道怎样才能让我一无所有，他真的太狠了。要知道，当初，我也是政法学院的高材生。为了支持他的事业，管好孩子，我毅然离开工作岗位，做了一个家庭主妇。这么多年来，为了家，为了他，我操碎了心，但最终，却落了个鸡飞蛋打的结果。我找儿子哭诉，儿子看着我说："你看你蓬头垢面的样子，如果我是我爸爸，我也会选择小米阿姨。""小米阿姨"就是那个28岁的年轻女人。

人生的一切在一夜之间垮塌了。我真的成了一无所有的人，没有工作经验，没有一技之长，我唯一会的，就是烧菜做饭、料理家务。

朋友看我可怜，就帮我介绍了一份住家保姆的工作。雇主是一个大学教授，60出头，温文尔雅，名叫高强。他家很大，是个跃层，而且是他一个人住。高强每天都在四处奔波，做学问、讲报告，晚上回来就钻到书房里，看书写东西。每个月，他给我2500块钱。高强没有家眷，听说他的老伴在他40多岁的时候就离世了，他忙于钻研学问，就再也没有婚娶。

有了着落，每个月还拿着不菲的工资，我的心终于安定了。为了不失去这份工作，我使出了浑身解数。每天，我把屋子收拾得整整齐齐，地板擦得锃明发亮，餐厅的桌子上摆着我最拿手的插花。早晨，高强刚一起床，我早已把牙膏挤好，要穿的所有衣服整整齐齐地放在床头柜上，包括袜子。他洗漱完毕，早餐在餐桌上热气腾腾：有时是小馄饨加肉饼，一小碟水果，有时是面包厚多士，加沙拉牛奶小牛排，总之每天都不重样。这都是我亲手做的，包括面包也是我自己烤的。高强吃得心花怒放。

平时，高强都不在家。我做完了家务，就在家里看看书、插插花。有一次，我看到客厅里的钢琴，就一时兴起，弹了一首《水边的阿迪丽娜》。琴音刚落，我听见了一阵掌声，回头看见高强，他靠在玄关处，用欣赏、赞美的眼神看着我。一时间，我心如撞鹿。

晚上，我做了热气腾腾的涮羊肉，高强吃得兴高采烈。他说：“兰馨，我看你秀外慧中，多才多艺，怎么会落到如此地步？”我讲了我的遭遇，高强忽然含情脉脉地看着我，说：“其实，像你这样的女人，真的是一块宝。那个男人不懂得珍惜，是他没福气。”

从那以后，高强回家的时间渐渐多了起来，而且越来越愿意和我在饭桌上聊天。偶尔，他还会帮我做家务，和我一起在小花园里种花。有时候我甚至有一种错觉，觉得我们就是相依为命、相濡以沫，携手走过了半生的老夫老妻。渐渐地，我和他相处得轻松起来，时不时地，还会开一句玩笑。

七夕的晚上，我做了一桌高强喜欢的饭菜，就坐在客厅里看书。高强悄悄进来，忽然从身后变出一束玫瑰花。我惊呆了。高强含情脉脉地说："兰馨，像你这样的女人，应该得到一切该得到的幸福。你太苦了，应该有个男人好好疼你，爱你。让我做那个幸福的男人吧。"

我不禁潸然泪下。

有时候，人生的一切都充满了戏剧性。你以为一切到了尽头，但却忽然峰回路转，柳暗花明。高强有社会地位，有经济基础，儒雅、俊朗、有品位、会疼人，除了年龄大一些，一点儿也不比我的前夫差。甚至，在恋爱的感觉上，他比我前夫更让我有心动的感觉。

那天晚上，我们喝了红酒，在微醺中拥有了彼此。躺在他怀里，我感觉上天对我特别的厚爱，也感觉到，我的后半生，也许比前半生要更加精彩和幸福。

我和高强同居了。虽然我每天依然干着住家保姆所干的工作，但是感觉却完全不同。因为，我的心态不再是保姆，而是一个女主人。高强对我非常满意，他常常说，百年修得同船渡，千年修得共枕眠，他能得到我，也是上帝对他多年鳏居的补偿。闲暇时候，我们常常相挽散步，去剧院看歌剧、芭蕾舞，去书城挑选我们共同喜欢的图书，琴瑟相和，如胶似漆。只是高强很少带我去见同事、朋友，大部分时候，都是我们俩独处。沉浸在柔情蜜意中的我，总以为是高强更愿意享受二人世界。

就这样过了差不多两年。高强对我的态度忽然渐渐冷淡，不再像从前，我做饭的时候，他从背后搂着我的腰，我吃饭时，他会用汤勺喂我，也不太跟我携手出去散步了。开始，我觉得是他工作太忙。但有天晚上，我洗好澡，穿上新买的真丝睡衣，主动依偎在他身边，他却一边看报纸，一边推开了我，说，热得要死，还贴那么紧干吗？以前那个儒雅温柔的高强不见了。他的脾气渐渐变得暴躁，对我越来越冷淡。

我不知道发生了什么事情，恰好他的女儿来看他，趁着高强不在客厅，我跟他女儿嘟囔起此事，心有不满。没想到他女儿冷笑着说："阿姨，不是我说你，你有点不自量力了。我父亲从来没想过跟任何人结婚。自从我妈妈40多岁去世之后，他每隔几年就会找一个保姆，然后跟保姆同居。一来，生活有人照顾，二来，这种关系比较简单，大不了最后给点钱就打发了！要是结婚的话，以后他这么大的房子，难道便宜外人啊？说真心话，老年人结婚的成本太高了。谁还会为了这几年的生活，付出一辈子的代价呢？如果我爸对你冷淡了，那肯定是因为他觉得你烦了，简单地说，就是玩儿够了。所以，你就想办法另谋出路吧。"

我瞠目结舌，说不出话来。

晚上，我问高强。高强说："对不起，兰馨，我只是觉得我没有以前爱你了。你是个知书达理的女人，不会不明白爱情是要两情相悦的吧？"

后来，我想方设法找到了高强以前的保姆，她冷笑着对我说："哼，高强就是个伪君子，披着大学教授外衣的流氓。他不结婚，就利用住家保姆想找个好老公的心理，欺骗保姆的感情，等腻了，就像甩鼻涕一样甩掉。我跟他在一起待了6年，他给我发的工资我全贴给他用了，最后还被他赶走了。兰馨，说得好听一点，我们是遭遇了一场黄昏恋，说得难听一点，我们是给人家免费当了几年保姆和性伴侣！不信你去看，他找保姆的时候，要求都是50岁以下，受过高等教育。只有这样的女人，能和他有共同语言，最后还不会跟他撕破脸，吃了亏只会伤心地走掉！至于结婚，你一辈子都别想，因为他跟谁都不想结婚！他还怕他那点可怜的房产落到外人手里呢！”

一场我以为十全十美的迟来的爱情，原来似一张廉价的广告宣传单。可怜我还像珠宝一样地珍惜、爱护，小心翼翼，生怕落上灰尘。

晚上，我回到高强的家里，发现一个40多岁的女人坐在客厅里，高强正殷勤地拿着一本《不能承受的生命之轻》，兴致勃勃地和她讨论。那女人衣着得体，面目清秀，正用崇拜的眼神看着他。

我真不知道，我是该退，还是该进。

我有一面照妖镜

薛美丽 女 30岁 花店老板

上帝总会让你身边开满鲜花，又总是会让你失去视力。

25岁之前，我的人生一路平坦。出身于干部家庭，从小过着公主一般的生活，而我学习成绩优异，长得也很漂亮，老师、同学都特别喜欢我。老师经常让我主持各种活动，还让我在国旗下演讲，我可谓校园里的风云人物。家里亲戚聚会的时候，我也会听到各种赞美，说我如何漂亮，如何优秀，惹得那些亲戚的小孩都对我又喜欢又嫉妒。我就是那个让他们恼火的“别人家的孩子”。可以说，我是众星捧月般长大的。

考上大学，分配到国税局，前途一片光明，我的人生道路至此可谓一帆风顺、风光占尽。这时，丘比特也用神箭射中了我。国税局副局长看中了我，把我介绍给自己的儿子，一个剑桥大学毕业的海归，在证券公司做副总，而且长得一表人才。他对我非常满意，我们很快进入了热恋，并且开始筹备结婚事宜。我们的婚房是一幢海边的小别墅，带着一个小院子。晚上，海浪轻轻拍打着海岸，我们在小院子里看着天空上星光点点，喝着德国进口的啤酒，海风习习，非常惬意。局长儿子是个浪漫的人，他常常给我惊喜，送花、送钻戒这些都弱爆了。有时，明明我们都睡了，我却突然听见外面传来"救命"的喊声，赶紧跑出去，就看见他站在海滩上，周围是围成心形的蜡烛，烛光在黑暗中闪烁。平时，他常常开着自己那辆拉风的敞篷标致，载着我在海边兜风。周围的朋友都特别羡慕我，说我得到了老天的特别厚爱。我也感觉自己幸福极了，老天把能给我的最好的东西都给了我。

物极必反，乐极生悲，福祸相依，这大概就是事物发展的必然规律吧。我们结婚登记的时候，按照惯例要先进行体检。就在我怀着激动幸福的心情，请好假，准备和他一道去领结婚证的时候，他阴沉着脸来找我，说："对不起，我想，我们不能结婚了。"

我一下子蒙了，诧异地问："为什么？"

他把体检报告单递给我。我看了一眼，立刻犹如五雷轰顶，因为那上面赫然写着体检结果——"乙肝"！

我根本无法相信这个事实。我问他："没有搞错吗？这不是真的，我从来没有得过这种病！"

他礼貌却冷漠地说："对不起，如果你不相信检查结果的话，可以再去复查。每个人可能都会有这样的反应的。但是我想告诉你的是，我们不能在一起了，更不可能结婚。"

我跑到上海又做了一次检查，但结果，仍然是那么残酷。

我父母跑去找局长，局长语重心长地说："其实，我也很喜欢你们的孩子，否则不会把她介绍给我自己的儿子。可是，她的身体是这样。你们想，如果是我的孩子患了这种病，你们会怎么处理呢？要知道，乙肝是传染病，如果家里生活着一个乙肝患者，那么全家人都会战战兢兢，还提什么开心地过日子？伴侣也会被传染上，以后的孩子生下来就是乙肝患者。这样的家庭，会幸福吗？”

父母也无法反驳这样的理由，他们只好无奈地接受了这个现实。不久后，我就办了病休。局长是个好人，他特别照顾我，给我最大限额的医疗费用，保留我的职位，每月，我还领着不菲的工资。他向我承诺说，只要他还在位一天，这些就全部为我保留着。他哭了，说：“你是多么好的一个孩子，可惜老天不公平。”

除了接受这样的现实，我还能怎样呢？父母不甘心，带我看病，却被告知这种病永远不可能痊愈，只能靠药物维持。父母又张罗着到处给我介绍对象，可是能给介绍的都是熟人，人家只要稍微一打听就知道我的事儿了，谁会愿意娶个定时炸弹回家呢？

无事可做的我，自己开了一间花店，这是我从小一直梦想的事情。不愁生计，每天活在花香之中，倒也逍遥自在。

有一天下大雨，一个小伙子没有带伞，跑进花店来躲雨。我看他头发都是湿的，顺手拿了干毛巾给他，还为他泡了一杯热咖啡，然后就默默地坐在柜台后面看书了。后来，他看我在看李承鹏的书，就和我热烈地讨论起了这个人。他口若悬河，整整说了一个小时，特别能言善辩，我也没示弱，和他唇枪舌战，后来雨停了很久，我们都不知道。

后来，小伙子隔三差五就来，也不买花，有时给我带一袋板栗，有时带一包梅子，然后我们会为一个话题而争论不休。有时候我争不过他，还会骂他几句。他也不示弱，马上就会回敬我几句。我一恼羞成怒，还要拿花打他。我一直感觉，他就是我的一个蓝颜知己，一个好哥们儿。

可是有一天，他忽然在我的花店里买了一束玫瑰花。我笑他说：“干吗，交女朋友了？”他说：“是啊，我爱她，但我不知道她是不是爱我。”我说：“那我就给你包99朵玫瑰吧，虽然有点俗，但是99朵玫瑰代表的就是爱意久久啊。”我边给他包花，边叨叨说：“那女孩是谁啊，好幸福啊。我可真是羡慕嫉妒恨，怎么没人给我送呢。”他坐在旁边喝咖啡，边看我包花，一脸幸福地笑着，不说话。

花束好了，我递给他说：“快去勇敢表白吧。”他接过花后，忽然郑重其事地递给我，说：“美丽，我喜欢你。”我顿时惊呆了。怎么可能啊？我们不是哥们儿吗？他说，其实，他每天从花店门口经过，看见我坐在花丛中安静地看书，非常文静，非常美丽，就很动心。下雨那天，是他故意找借口跑进来的，只是，他没想到，我会那么温柔地对待他，他因此而更爱我了。他说：“美丽，我喜欢你，请你接受我吧。这一生，我都要跟你在一起，不管富贵、贫穷、健康、疾病，我们都要牵好彼此的手，不要松开。”

我感动得泪流满面。可是他的话里，“健康”和“疾病”两个词刺激了我。我没有回答他，而是拿出了那份体检报告单，告诉他，我之所以一直单身，是因为患有乙肝。

他瞠目结舌，没有再说一句话。后来，他走了，再也没有来过。

再后来，还有许多男人追求过我。但每次当我拿出体检报告单时，他们就落荒而逃。那些求爱时的海誓山盟、甜言蜜语，都顿时变得特别可笑、滑稽。我的那份体检报告单，就是不折不扣的照妖镜，什么样的假象，到了它面前，都会立刻现出原形。

爱情是那么势利，当你能让对方更加美好，为他的生活增添光彩时，他就会更加爱你；而如果你让他的生活变得麻烦，会成为对方的拖累时，所谓的爱情，在刹那间就会消失得无影无踪。爱情是利己的，这是真理。我看透了这一切。所以，我告诉自己说，我，永远也不要爱情，不要婚姻。

富人难有纯真的爱情

SANDY 男 43岁 富豪

爱情是穷人的面包，却是有钱人消费不起的奢侈品。

谁不想和自己心爱的人，相亲相爱、如胶似漆，一辈子幸福地生活在一起？

可惜，那是童话里的故事，或者说，是普通人的故事。

对于我，一个在富豪榜上排名前几位的人来说，那基本上是不可能的事儿。

含着金钥匙出生，说的就是我。我爷爷当年积累下大量的家产，家族生意遍布全球，家里有多少钱，根本没谁知道。但是，我要说，世界上每7个人里，就有一个在使用我们的产品，或者享受我们提供的服务，你就可以想象，我们家的生意有多大。

从我生下来，大大小小的保姆有五六个，无微不至地照顾我的饮食、起居，各种私人老师有十几个，教我各国语言、礼仪、马术、金融、管理……从7岁开始，我就在英国的一幢别墅里生活，上的是世界上最顶尖的贵族学校。我的一个英国管家的年薪达几十万英镑，我所有的玩具、衣物都是高级定制的，家里有篮球场、足球场、网球场、影院、咖啡厅、图书馆……

在这种环境下长大，有时，也会感觉有些憋屈。照顾我的人太多了，我几乎没有私人空间。高中的时候，有个同学对我说："我有女朋友了，爱情的滋味真美好。你呢？"

我不得不保持沉默。因为在我的世界里，感情这东西，是不被允许的。

好不容易到了大学。我在美国哈佛大学的肯尼迪学院上学，此时，我成人了，终于摆脱了一些束缚，至少，我在学校里的时间再也没有人监管了。

有人说，没有谈恋爱的青春是苍白的。绝对如此。这样的感慨是我在认识了小叶之后深深感悟到的。认识她之后，我感觉到自己之前的人生都是黑白的，直到她出现，世界才变成了彩色。

我常常到学校附近的一家餐厅去喝咖啡，那家餐厅很小，只能容纳十几个人，但是里面很温馨很舒服，我可以窝在沙发里，一个下午都不出来。店里放着淡淡的爵士音乐，墙壁上有许多老牌明星的海报，温馨怀旧的氛围让人感觉似乎到了另一个世界。我可以暂时忘掉那些豪华游轮、直升机、高尔夫聚会，等等。

小叶就在那里做服务生。刚开始的时候，我并没有注意到她。有一天，她给我端来一小盘饼干，说："我自己烤的，尝尝哦，免费赠送。"说完甜甜地一笑，走了。我的面前，精致的白瓷盘里，铺着花格子布，上面放着几片HELLOKITTY的饼干，每只"饼干小猫"

的头顶都有一个草莓酱做的粉红色蝴蝶结，非常可爱。虽然手艺比我平时吃到的要笨拙许多，但是，我感觉我的生活里，有了一种特别的味道。

从此，我每天都到这里，渐渐地跟小叶熟悉了。她是个乖巧可爱的女生，虽然不是特别漂亮，但是笑容却澄净而灿烂，好像不谙世事的婴儿。我看到的女生大多数都是精明能干，你说一她就能推理出十的角色，让人不敢掉以轻心，而在小叶面前，我却特别轻松。她的家世非常普通，父母是国内的普通事业单位职员，她考上了美国的大学，又自己勤工俭学赚生活费。但她却从不埋怨生活艰辛，每天的笑容里都充满了阳光。

我就这样爱上了小叶。我们会在夕阳西下时在草坪上谈笑风生，也会在雪花飘零时在哈佛的雕塑下喁喁私语。我们躲在图书馆的角落里接吻，在欧菲姆剧院看疯狂的朋克音乐表演，在wonderland海滩尽情拥抱。我对小叶说："你不用那么辛苦，我们家的钱，子子孙孙都没法花完。我们只要相爱就够了。"小叶说："不，我喜欢你，不是因为你有钱，而是因为你爱我。不管如何，我都要靠自己。"她给我看了一首诗，是舒婷的《致橡树》："如果我爱你，我绝不像攀援的凌霄花，借你的高枝炫耀自己……如果我爱你，我必须是你近旁的一株木棉，作为树的形象和你站在一起。根，紧握在地下，叶，相触在云里……这才是伟大的爱情，坚贞就在这里：不仅爱你伟岸的身躯，也爱你坚持的位置，脚下的土地。"

我和小叶同居了。但她仍然每天去咖啡店打工，坚持不用我的一分钱，生活中和我AA制，还常常用攒好久的钱，买东西给我。她是一个自立的女孩，而且非常浪漫，有时，我在口袋里掏东西的时候，会忽然掏出一朵玫瑰，下面吊着一个小小的牌子，上面写着，"好爱好爱你”。有时，我早上起床，她早已经去上班了，桌子上留着一个心形的煎蛋，和一块心形的面包，上面用巧克力酱写着，“老公，昨晚你好棒”。这个捣蛋的小家伙，让我的心里，甜蜜了再甜蜜。

正当我沉浸在爱河中时，父亲的助理找到了我。他让我和小叶断绝来往。我愤怒异常，警告他不许再管我的事情。在家族中不可一世的我，怎可能受得了这样的干涉。但他说，他是奉我父亲的命令来转告而已。我更加怒不可遏。最后，他说：“我会用事实教育你。”

不久后，助理再次飞到美国，给我看了一些视频。我顿时感觉世界崩溃了。

我怎么也不能相信，我最爱最爱的小叶，这个看起来清纯、善良、单纯到极致的女孩，竟然有这么深的心计。

视频都是偷拍的，能看出小叶没有一丝防备。

她说：“你知道吗，我等了好几年，好不容易才钓到一个。有些富家子弟精得跟猴子一样，根本不会上钩，而现在的这个，你们知道他有多傻帽吗？”

她说：“我花那么大力气来到美国，为了什么？要不钓到一个金龟婿，我怎么回家见我父母？”

她说：“你越让一个有钱人觉得你不是为了钱跟他在一起，他越会付出更多。”

她说：“什么爱情，都是些狗屁！贫贱夫妻百事哀！”

她还说：“趁着这傻瓜现在这么爱我，我哄着他把婚结了，就算以后他把我蹬了，我也能得到几个亿的赔偿吧。无论是什么结局，我这后半辈子都衣食无忧了。”

……

我无法再看下去。原来，小叶早已知道我是富豪的儿子，她知道我喜欢那家咖啡厅，于是就特意去那里打工，通过各种方式引起我的注意。同时，她也在千方百计地吸引着其他好几个人，只不过，只有我这个傻瓜中了招。小叶并不爱我，她爱的只是我家的钱。那些美好，那些甜蜜，原来只是一场赤裸裸的骗局。

父亲的助理说："大少爷，你要晓得，这个世界上，只有穷人才有纯真的爱情。"

我心灰意冷，以最快的速度办了退学，回到了国内。

从此，我再也不相信爱情。无论哪个女孩怎样对我好，我都会觉得是假的，都会觉得她是冲着我的钱来的。父亲说，婚姻是什么，婚姻就是经济合作体，它跟利益相结合的时候，才是最稳定的。他主张我和他生意伙伴的女儿结婚，可我又不愿意要那种勉强的婚姻。于是，我跟父亲提议，如果一定要我继承香火的话，我主张代孕。后来，我让助理找到了这样一个女孩，她很年轻、美丽、聪明，受过良好的教育，感情生活几乎空白。她给我生下了两个儿子，得到了上亿资产，移民去了美国，我们之间不会有感情纠葛，永远也不会有。她只是我儿子的母亲，我只是花钱买了她的子宫，仅此而已。

这样一来，我以后继承的所有财产，永远不用担心有人来分，而且也有了最正宗的继承人。

爱情是穷人的面包，却是有钱人消费不起的奢侈品。

这辈子，我不要爱情，更不要婚姻。

控制不住的爱

格格 女 32岁 业务员

爱情是建立在互相信任的基础上的。

“天塌下来有大个子顶着呢。”格格以前常把这句话挂在嘴上。她就是那种大大咧咧、天真随性的女孩，20多年来，在父母的羽翼下生活得自由自在，对人毫无防备，觉得天底下的人都是好人，就算狗把她咬了，她也会说是因为自己身上有红烧肉的味道。

格格一上班，同事小吴就对她展开了热烈的追求，隔三差五地送鲜花、玩偶，每天早上变着花样给她带早饭，肯德基早餐、星巴克甜点、老字号狗不理包子……都吃腻了？小吴竟然自己给格格做爱心煎蛋，还专门买了心形的模具呢。有一次，格格揭开饭盒，看见一个哆啦A梦的饭团，惊喜得眼泪都快出来了。

小吴对格格的无微不至把她感动了，很快，他们就成了出双入对的热恋情侣，羡煞了周围的红男绿女。

虽然小吴强烈要求格格和自己住在一起，可因为格格家教太严，没结婚之前，父母是不允许她和男朋友同居的，因此，每次两人缠缠绵绵、你侬我侬很久，到了夜晚还是得依依不舍地分开，各自回家睡觉。沉浸在甜蜜爱河中的格格，从来都觉得小吴对自己用情很深，觉得他比自己的父母还要可靠。尤其是小吴常常对格格说："亲爱的，在这个世界上，我的眼里只有一个女人，那就是你。宝贝，你知道吗，我一看到你，就会忘记全世界。"诸如此类的甜言蜜语，让格格就像置身梦中一样，失去了判断力。

有一天下班，格格和小吴一起回家，格格看见卫生间里有一双女人的黑丝袜，就问："这是谁的丝袜啊？你们家怎么会有女人？"

小吴说："应该是我姐的吧，她可讨厌了，经常趁我不在跑到我这里来。"

还有一回，格格逛街到了小吴家楼下，就顺便上楼找他，可是按了半天门铃，也没有人来开门。格格打小吴的电话，熟悉的铃音从屋子里传出来，但就是没有人接。格格还看见门口的鞋柜上放着一双红色高跟鞋，那绝对不是格格的。

晚上，小吴给格格打电话，解释说："你不知道啊，今天我一个哥们儿带着女朋友跑来借我的房子，我没辙只好撤了，电话也忘在家里了。老婆，你说我这忘性，会不会以后得老年痴呆症呢？不过，就算我得老年痴呆症，傻得什么都不知道，我也能认识你。"

听着这种溢出蜜来的情话，格格早忘记追究那些事情了。何况，小吴说得多么合情合理。

纸包不住火，大尾巴狼迟早要露出尾巴，这些话说得太对了。情人节，小吴和格格在家里玫瑰红酒地过着浪漫的二人世界，忽然铃声大作，打开门，门外一个穿红色高跟鞋的妖娆女人。格格还没回过神来，那女的就拍拍肚子，说："姓吴的，你的娃，你还要不要了？不要我现在就去打掉！"

格格疑惑地说："你谁啊？干吗这么说话？"

妖娆女人瞥了她一眼，说："这就是你那个小清纯小可爱吧？我看不是纯是蠢吧，这么明显的脚踩两只船你都看不出来？上次我在屋子里跟小吴嘿咻你不是还敲门来着？我还在马桶上放过一双黑丝袜你记得吗？我知道你，你怎么就没感觉到我的存在呢？现在，我肚子里是小吴的种，你们看着办！"

顿时，格格崩溃了。她从来没想过这种事情会发生在自己身上，她从不怀疑任何人，更不会怀疑自己最爱的人。但残忍的事实摆在自己面前：小吴劈腿了，而且一直在劈腿，他在追求格格的同时勾搭了那个酒吧女。

5年后，格格才渐渐淡忘了小吴，在父母的安排下重新认识了云涛。云涛是名大学讲师，儒雅而有风度，比她大5岁。云涛对格格非常满意，觉得她是个单纯善良的女孩。可是没多久，云涛就觉得他被格格的外表蒙骗了。因为格格对他一百个不放心。她不仅每次见他，都要翻看他的通话记录、短信，还要让他说出自己的邮箱密码、QQ密码，对邮件和聊天记录一一查看。刚开始，云涛还笑她说："你真的这么在乎我吗？你怎么像个小女孩？"可是渐渐地，格格的行为越来越让他无法忍受。

云涛想争取评上教授职称，打算出一本书，这样评级就会比较顺利。于是，他联系了一位出版社的女编辑，一起喝咖啡聊聊此事。没想到，他跟女编辑刚刚坐下不久，格格就风风火火地闯了进来，指着女编辑问云涛："她是谁，是不是你的另一个女朋友？"云涛分外尴尬，说不出话来。

过了不久，云涛单位的主任升职，请大家吃饭，完事后又去K歌。正在他和一个美女对唱情歌的时候，格格忽然闯了进来，又哭又闹，说云涛背叛了自己。大家莫名其妙，因为那个美女是主任的妹妹，第一次和大家见面。云涛在所有同事面前丢尽了脸，狼狈不堪。云涛回到家里，才发现自己的手机上有20多个未接电话，可因为唱歌时太吵了，根本没听见。但，格格是怎样知道自己唱歌的地方的呢？经过再三询问，格格才告诉云涛，她送给他的手机里，装着GPS定位系统，还有一个软件，可以把云涛所有的通话记录和短信都传给她。

太可怕了，和这样一个女人一起生活，还不如抱着炸弹睡觉。云涛一气之下，就和格格分手了。

后来，格格又找了几个男朋友。但她从来不相信他们，每一次都是故伎重演，让男人在同事、朋友面前灰头土脸，抬不起头来，每一次两人都以分手收场，且不欢而散。

“爱情是建立在互相信任的基础上的。”每当有人用这样的话来劝格格的时候，她总会说：“道理我都懂，但就是控制不住自己。只要他不在我身边，我就会胡思乱想，觉得他和别的女人在一起。虽然我也知道，爱情就像手中的沙，握得越紧，跑得越快。可是，那些疯狂的念头，总在心中挥之不去。”

格格看了心理医生，听了许多关于爱情、信任的讲座，但是都无济于事。她仍然无法相信任何男人，就算男人24小时守在她身边，她也会问：“你心里是不是在想别的女人？”

任何一个男人都受不了这种让人窒息的生活吧？最后，格格再也无人问津，成了个嫁不出去的老姑娘。她也决意终身不嫁，因为无论嫁给谁，婚姻生活都终将是一种对她的折磨，和对对方的荼毒。

也许唯有如此，她的生活才能更快乐、单纯一些吧。

告白4：都市新贵

不要为了吃一根香肠，而买回一头猪

纪阳 男 45岁 品牌经理

“不爱那么多，只爱一点点，别人的爱情像海深，我的爱情浅。”——李敖

开奔驰S350，抽古巴雪茄，戴IWC的手表，每一件衣服都来自英国的SavilleRow——查尔斯王子的御用设计师创立的品牌……无论我出现在哪一个场合，都会引起女人们艳羡追随的目光。多金、优雅、幽默、有品位……只仅仅用高富帅三个字来形容我，那是远远不够的。

我曾经遇到过很多优秀的女孩，她们热情、美丽、聪明，我和她们谈情说爱，柔情蜜意。但从没有一个女孩，让我成为其裙下之臣，让我心甘情愿地给她穿上婚纱，让她做幸福的新娘。

曾经有许多人对我百般猜测，猜想我不结婚的理由，形形色色，可笑至极。周围的朋友也劝我，为了避免世俗的偏见，也应该找

个好女孩把婚结了。可我，永远会坚决守住底线，永远都不会结婚。

我绝对不是GAY，也没有不良嗜好，我只是太喜欢一个人的生活，我不喜欢任何人进入到我的生活中，哪怕她是我最喜欢的女孩子，哪怕她能带给我无限欢乐。

记得曾经看过李敖和胡因梦的故事：李敖爱上了胡因梦，为她神魂颠倒，不惜花许多钱和女友分手，追求胡因梦，不久终于抱得美人归。可没过多久，一对才子佳人便分道扬镳，李敖的分手原因竟是那样雷人——胡因梦喜欢光脚，脚底板总是黑乎乎的；她便秘时的表情狰狞，让人不忍猝看。她的生活习惯，让他感觉深深受到骚扰。

别人都评价说李敖心理有点不正常，但我却深深地理解这种感觉。因为，我也有过相似的经历。

刚刚上大学的时候，我爱上了一个女孩小文。她是一个职业模特，有着完美的芭比般的身材，以及天使般的面孔，每次缠绵的时候，我都感觉自己死去活来，特别为她着迷。那时候，我父母已经在国外定居，我自己住着一套三居室的大房子，小文很快就搬了进来。刚开始的几天，我们整天彻夜都纠缠在床上，沉浸在人生刚刚偷食禁果的欢愉里，浑然不觉时间流逝。可一个星期后，我感觉到了不舒服。比如，我喜欢吃米饭，但小文是西北人，喜欢吃面条，她会因为两天没有吃面条而极不舒服；我喜欢家里一尘不染，连根头发丝都要马上捡起来，小文却喜欢把东西扔得到处都是；我喜欢每天早晨起床跑会儿步，但小文却喜欢赖床，而且睡觉的时候，竟然还打呼噜，把哈喇子流得满枕头都是；吃饭的时候，我喜欢边细嚼慢咽，边静静地看会儿书，或者思考问题，而小文更钟情于看肥皂剧，吃得飞快而且发出很大的声音……就这样我们分手了。那时候，我以为原因是我忍受不了她差劲的教养。

后来，唐逸走进了我的生活。她出身于书香门第，本人优雅知性，是一个大学的英语老师，身材苗条，文静可人，做的甜点比最好的蛋糕店里卖的还精致，精通插花、女红、钢琴、绘画……可以说，她是一个出得厅堂入得厨房的标准新女性，千万君子梦中的好妻子，一个精致完美有生活情趣的好女孩。我也以为我可以和她修成正果。可等她搬来和我一起住以后，安静的家里突然多个人来来去去，不知道为什么我特别的不舒服。她使用卫生间的时候，我就感觉无法忍受，每次我需要用卫生间时，只要推开门看见她坐在马桶上，就会大发雷霆；每天看到我的毛巾被她从架子上扔到浴缸里，我就火气冲天；晚上，我总是失眠，觉得身边有个人在呼吸，我就没办法睡着觉。

更可怕的是，唐逸的父母听说女儿找了男朋友，为了考察我，从千里之外的江苏赶到了北京。我不知道他们出于什么心理，直接住进了我家，理直气壮地对我评头论足。那些天，唐逸的父母天天坐在我家客厅的沙发上，父亲一根接一根地抽烟，母亲坐在那里看电视，我回到家里，他们就开始跟我讨论各种结婚的细节。其实他们都是儒雅的知识分子，说话也都非常有教养，但我总感觉到心里是如此的烦躁。一天夜里，唐逸的父母告诉我说，等到我们结婚生了孩子，他们就从老家过来，帮我们看孩子。顿时，我感觉掉进了万丈深渊。我仿佛看到了家里到处都是人，到处都是婴儿的哭声和尿布，以及其他人占据了我的全部空间的情形。唐逸的父母走后，我果断地和她分手了。

我终于明白，其实，我和这些女孩们最终无法步入婚姻，并不是因为性格不合，也不是因为志向相悖，更不是因为生活品位和情趣的差别，而是，我压根就接受不了有人侵入我的生活，改变我的生活习惯，打扰我的清净。我喜欢过独居的生活，这个世界里只有我自己，我喜欢怎么样就怎么样，我不喜欢别人来打乱，更讨厌别人的侵犯。

那时，我的铁哥们儿绍潜刚刚结婚。不幸的是，不久，那个女孩的父亲得了癌症，住进了医院，绍潜把自己所有的积蓄都贴了进去，晚上在医院侍候病人，白天坚持上班。女孩的娘家亲戚从外地过来，全部住在绍潜家，50平米的家里，住了七八口人。我都替他感觉快要崩溃了。绍潜却说，婚姻就是如此，作为男人，必须承担责任。看着胡子拉碴，口袋里没有半个子儿，为了赚钱加班到凌晨的他，我忽然感觉很害怕：这个以前意气风发的男孩子，怎么有了老婆之后，就变成了一个落魄无奈的半大老头呢？以前那个潇洒阳光，无忧无虑的男孩子，去了哪里呢？也许人家说得对，爱情是两个人的事儿，但婚姻却是两群人的事儿。

从此以后，我就打定主意不结婚，永远也不会带女孩子去我家。因为，那是只属于我的私人领地。她必须不能侵入我的生活，更不能侵入我的家庭。

我很帅，优雅，有钱，不愁没有女孩追求。但她们永远也别想成为我的妻子，因为我不需要妻子。我需要的，是像现在一样想走就走，想安静就安静，想去上卫生间就没有人坐在马桶上看着我的生活，我不想要那些世俗的纷扰。说真的，爱情这东西，对于人生来说，并不是必需品，它只是一个锦上添花的东西。有了更好，没有也无所谓。最重要的，是让自己过得舒服、开心。

有人曾经说过，不要为了吃一根香肠，而买回一头猪。我想，这个作为对我不结婚的解释，真的非常形象而到位。我永远不会让那些麻烦进入自己的生活，颠覆自己的人生，左右自己的喜怒哀乐，让自己的人生变得一塌糊涂。否则，那可真是得不偿失啊。一辈子不结婚，在一般人眼中，有点疯狂，有点变态，可对于我来说，人生苦短，不过百年，为什么要让自己的生活，那样不爽，甚至一地鸡毛呢？那样的话，我宁可不要。我要的，是高质量的人生，和随心所欲的自我。

李敖在一首诗中写道："不爱那么多，只爱一点点，别人的爱情像海深，我的爱情浅；不爱那么多，只爱一点点，别人的爱情像天长，我的爱情短。"

只有像我这样的人，才能嗅到其中的意味。

自己赚钱买花戴才舒服

玲玲 女 31岁 业务经理

"如果在经济上依赖男人，就只能叹一句：
娜拉出走后，不是回来就是堕落。"——亦舒

玲玲31岁了，虽然已经不是二八年华，不过依然唇红齿白、秀色可餐，乌黑亮丽的长发，熠熠闪亮的眸子，再加上巧笑嫣然、口若莲花，哪个男人见了不动心呢？可她就是熬成了恨嫁女。

吃着玲玲亲手烤制的披萨，喝着她自己酿制的葡萄酒，看着她在家里养的香气四溢的鲜花，心里真的替这个闺蜜感到万分委屈，也为男人们觉得惋惜。真的，谁娶了这么个生活有品位，出得厅堂、入得厨房，知书达理，又性格开朗的姑娘，那才是修了几辈子的福气呢！可是，她的MR.RIGHT，总是不知道在世界的哪个角落。

"白马王子在路上堵车呢，估计堵死了，来不了了。老娘也不等了。"玲玲总这样跟我开玩笑。

我和玲玲打小就是闺蜜。小时候，追求她的男生特别多，可是玲玲妈管得很死，只要有一点早恋的苗头就要给它掐死在摇篮里，所以玲玲直到上了大学，也没有正儿八经地恋爱过。快毕业的时候，同班男生追求她，两人好了没几天，就毕业了。玲玲进了一家国企，做了销售，刚上班就被派到上海办事处，一待就是两年，等她回来，男朋友都已经是孩儿他爸了。玲玲只有望洋兴叹。

玲玲的国标跳得特别好，和客户一起吃饭、唱歌时，常常被邀跳舞。她的第二任男友就是在那时迷上她的。男友说："你知道吗，你跳舞的时候，感觉就像一只示爱的蝴蝶。"这个"老二"是玲玲客户方的代表，也算小小的青年才俊一个。玲玲心想，第一个跑了，第二个要赶紧生米做成熟饭，要不然到嘴的鸭子又飞了。

很快，玲玲的魅力就让老二拜倒在她的石榴裙下。玲玲直接住进了老二的家，成了准女主人一个。我们都以为很快就会佳音频传，没想到三个月后，玲玲哭着来找我，说是"煮熟的鸭子真的会飞的"。

我怒不可遏，直接找到了老二，摆出女汉子不要命的架势，叫嚣着要爆老二的头。老二苦笑着说："大姐，你爆我的头吧，这样我就解脱了。"

没想到，一场寻仇大会变成了诉苦大会。老二说得涕泪俱下，伤心的眼泪流了一衣襟。

"大姐，你不知道，玲玲整晚都不回家！给她打电话，她就说在外面陪男人唱歌！哪个男人受得了？

"大姐，你不知道，她就算回来也是喝得醉醺醺的！哪个男人受得了？

"大姐，你不知道，她跟我谈恋爱不到三个月，就出了两个月的差。我名义上有个女朋友，可还是光棍一条！我总不能天天看着她的照片玩亲亲吧，那我还要她干吗啊，我在网上下几张美少女战士的图片就行了……”

说到最后，我都觉得，要是老二不跟玲玲分手，都天理难容了。

可是，玲玲也有自己的苦衷啊。

“客户有男的，也有女的，我不陪能行吗？不陪我的销售额从哪里来啊，我吃什么啊，喝西北风啊？我不能光陪女的不陪男的啊，这世界除了女的就是男的啊。那我陪男的容易越轨，那是不是陪女的还有同性恋嫌疑呢？

“我不喝酒行吗？无酒不成席。我捂着酒杯就像人家要我服毒自尽一样，人家干吗要跟我签合同啊？谁不知道酒一喝一称兄道弟，什么事儿都解决了呀？难道人人都会酒后乱性吗？那让补药生产厂家全都改行卖酒好了！再说了，喝多了能干啥，你让他喝两斤白酒把我扑倒一下试试！

“我不出差行吗？我能躺在家里客户就自动找上门排队订货吗？我干的又不是特殊服务行业，我卖的又不是一年销售出的连起来能绕地球八圈的那产品，我长得又不是国色天香倾国倾城就算躲在大院子里捂着大面膜也有人来追着看……”

不管怎样雄辩，男朋友还是没有了，玲玲落寞至极。其实，谁不想做个乖乖女，在家待着相夫教子，看见一只蟑螂就大呼小叫的小女人？谁喜欢踩着12厘米高的高跟鞋像个汉子一样勇闯天涯呢？

玲玲也试图放弃事业，找一张“长期饭票”。就凭玲玲的长相，找个中产阶级的男人，还是不费吹灰之力的。果然，玲玲很快就找到一个经营着小公司、开着一辆本田雅阁的男人。该男人是个西北汉子，对小巧玲珑的玲玲，那是十二分满意。很快，玲玲又一次入住他家，成为他的准老婆。这次，玲玲总结了经验教训，直接辞掉了工作，每天在家一日三餐精心制作，衣服洗好熨好放在床头柜上，每天等男人出了门，才小心翼翼地去练瑜伽，跟姐妹淘见面，太阳当空照就早早回家，丢掉了抽烟、喝酒、泡吧、打牌等一系列不良嗜好，兢兢业业简直就是良家妇女的标准表率。这下男人该不会跑了吧？

谁料，几个月过去了，这男人倒成了三更半夜回家，回家喝得烂醉，三天两头出差当吃饭，夜不归宿当水喝。难道这是老天爷派来报复玲玲的？

玲玲柔声细语跟男人撒娇，商量能不能考虑一下家里还有佳人翘首企盼。你猜那男人说啥？先甩下一沓钞票，然后趾高气扬地说："男人嘛，赚到钱就是大老爷们儿，就是大爷。大老爷儿们整天围着婆娘转，能有啥出息？我不陪客户喝酒，能签到合同吗？我不出差考察，能知道最新商业动向吗？我天天守着你，钱能长腿自动跑到咱账户里来吗？女人真是头发长见识短，天天躺在家里啥也不干伸手要钱花的日子不舒服了吗？你知道多少女人瞄着这个位子呢？"

透过男人不可一世的模样，玲玲简直看到自己怨妇的未来：经济上依赖男人，整天在家兢兢业业当老婆，以后辛辛苦苦当妈，等男人赚钱给自己花，美其名曰全职太太，其实就是个不要钱的长期保姆。忍气吞声、低三下四不说，以后人老珠黄，说不定还要被打上落后于时代、什么都不懂、没有共同语言的烙印，然后毫不犹豫地扫地出门。到那时候，要事业没事业，要存款没存款，要身材没身材，有的只是一把年龄和两把眼泪，那才是叫天天不应叫地地不灵。

展望一下未来，玲玲惊出一身冷汗，大眼睛一瞪，吼出一句："老娘不侍候了。老娘出去喝酒陪客户走南闯北来一遭，比你赚的钱多多了，何苦在这儿当现代秦香莲哪！不就是个男人嘛，老娘不要了！”

就这样，玲玲毅然决然地重出江湖，又重新过上了和一帮男人吆五喝六、呼朋唤友的生活。现在的玲玲完全按自己的方式生活：整天周旋在客户间，陪客户喝酒、打牌，几点回家都没人管，飞到天南海北谈生意签单子，说走就走，不用跟谁解释，不用怕谁吃醋。最重要的是，自己赚钱买花戴，潇洒自在。

至于男人嘛，玲玲说：“如果婚姻只能给我添堵找不痛快的话，我要它干吗啊？”

这话说得也不无道理啊。

我的幸福，与婚姻无关

卢森 男 41岁 企业老总

“金钱是能让我们去除了天堂以外的任何地区性方面军的一份护照；同时，它也能向我们提供除了幸福以外的任何东西。”——查尔斯·兰姆

没时间谈恋爱的人，总要腾出时间来相亲。

以前上大学的时候，卢森学习特别好，总是拿全额奖学金。他每天都用功学习，不敢愧对自己的家人，因为父母拾破烂供他上大学。那时候宿舍的同学都在谈恋爱，但他的世界里，只有学习、学习、再学习。所以，同学都嘲笑他。

大学四年，卢森除了学习，就是出外做家教。大三、大四，他不仅没要家里一分钱，反而每个月给家里寄五百块钱。大四那年，学习任务不忙，他在学校附近开了一家小店卖衣服，每天早上5点就跑到服

装批发市场，批发一大包衣服，扛到店里，卖整整一天，一直到晚上11点才打烊，回到宿舍，大家早已进入了梦乡。毕业的时候，卢森已经开了三家服装店，大家都忙着找工作，卢森已经月入好几万了。

披星戴月地干了一年，卢森觉得就算开十家服装店，自己也只是服装店老板。他果断地注册了一家服装公司，拥有了自己的品牌。他跑了几次广东，和几家服装加工厂签订了加工协议，然后，又做起了加盟店。几年时间下来，卢森的公司越来越大，他的服装加盟店，已经有了一百多家，每家的加盟费十万，他的资产瞬间就增长到了上千万。

20多岁的卢森雄心勃勃，又把眼光投到了时下热门的IT和房地产行业。

卢森的家人早已全部被他接到了城市里。他掏钱给哥哥买了房子，娶了媳妇，又在公司安排了职位，妹妹被他送到了国外念书，后来留在了那边。哥哥生了个儿子，一家人其乐融融。父母催促他也快点找个媳妇儿，卢森不是不愿意，而是太忙，根本没时间。

有一段时间，卢森的秘书米米喜欢上他，每天早上给他带早餐，中午十点准时给他一份水果加餐，下午精心泡制一杯咖啡，他加班的时候，米米就一直待在外面，如果晚了，会准备好宵夜，还会备上御寒的外套。

从未被人关心过的卢森非常感动，他试图和米米建立起亲密的关系。他开始在飞往世界各地的时候带着米米，但在路途中，他不停地聊着工作，不停地接着各个分公司的电话，不停地通过电脑处理公务。就算是有一次忙里偷闲，他带米米去美国黄石公园准备野营，刚刚走到入口处，一个银行的电话打来，告诉他有一笔贷款出了问题，他立刻就火急火燎地让米米订机票立刻返回。

后来，米米离开了他，并给他留下一句话：“你跟你的钱过一辈子吧。你需要的是一个伙伴，不是一个伴侣。”

他只是伤感了5分钟，一个分公司的经理来汇报工作，他就把一切都忘了。

自由恋爱，这真是太浪费时间了。

可他转眼就到了35岁，连个媳妇儿的影子也没有。父母天天在他耳边唠叨，他的耳朵都要起茧子了。

于是，他只好答应父母去相亲。

第一次见的姑娘，圆圆的脸，温柔的眼睛，一看就是贤妻良母。可他到了之后，一个业务电话打了两个小时，期间还因为信号不好，从咖啡厅里跑到了外面，结果回来的时候，姑娘早就走了。姑娘给媒人留了一句话：“他要是看不上我，直接说就行了，何必这样伤人自尊呢？”

第二次相亲，姑娘是个小白领，收拾得很精致，就像《我愿意》里的李冰冰一样可人。姑娘谈吐也非常不俗，聊的都是《麦田里的守望者》《不能承受的生命之轻》《蝴蝶夫人》之类的话题。他被吸引了，认真地听着，可悲剧又一次发生，他真的太困了，听着听着就睡着了，醒来的时候，又剩下了独自一人。姑娘用口红在他面前的餐巾纸上写了两个大字“土鳖”，把他当成徒有其表的暴发户了。

第三次总算没掉链子，他关了电话，认真地陪姑娘吃了一顿烛光晚餐，还去看了一场电影，在街头好好享受了城市夜景的浪漫。双方非常满意。几个星期后，他答应带姑娘去三亚看海，姑娘在机场左等右等，却一直不见他人，手机也关机。姑娘气愤地回到公司找他，却被秘书告之他去了加利福尼亚州签合同，现在正在飞行的途中。在加利福尼亚州的事情遇到了一些障碍，他夜以继日地处理，两个星期后，他总算弄完了一切，忽然才想起来和姑娘的约定。等他飞回家后火速去找姑娘，人家已经和一个普通小伙子在一起了。原来，以前这小伙子就一直追求着姑娘，姑娘却一心一意攀高枝，想飞上枝头当凤凰，找到他喜不自胜，可相处过后，还是觉得经济适用男更适合自己。因为经济适用男是绝对不敢放她鸽子的，土豪虽好，却不实用。就这样，他又一次被爱情无情地“抛弃”了。

卢森觉得自己真的不适合谈恋爱。感情是需要付出的，没有哪个姑娘会喜欢一个有钱，但却忙得连吃饭都在对面打盹的男人。在他的世界里，没有姑娘、没有爱情，更没有婚姻，有的只是无休无止的客户和生意。

卢森说：“不赚钱怎么办呢？公司有几千口人等着吃饭，一着不慎就会全盘皆输，这么多年来，我积累的所有财富都会烟消云散，我的家人又会全部回到赤贫的生活里。我受穷受怕了，真的怕那种一个月都在吃酱油拌饭的日子。而且，做了企业，就像穿上了红舞鞋，再也停不下来了。”

有些男人天生就是赚钱机器，是事业达人。他们的一生都为了赚钱和事业而活，至于其他，女人、婚姻、家庭，统统让道。

卢森就是这样的男人。

江山易改本性难移，卢森感觉自己天生就不适合结婚。他是为事业而生的，于是，他做出了一个决定，那就是终身不婚，省得害了人家无辜的姑娘，耽误人家的一辈子。至于以后怎么办，他说，可以把哥哥的儿子过继一个过来，孩子长大了当继承人，这样家产也不会落到外人手里。

世界上的幸福有许多种：有人享受天伦之乐，有人享受众星捧月，还有人享受自由无牵绊……卢森在自己的世界里活得潇洒漂亮，他的幸福，只是与婚姻无关罢了。

婚姻不是生活的必需品

李锐 女 41岁 总经理

"在经历了爱情以后，还有大部分生命留下，那些生命属于我自己。"——李碧华

有时候，上帝给你许多菜，却不给你盘子；等他给了你盘子，却不给你菜了。

世界上的事情，真的没有十全十美。

从前，我是只丑小鸭。在学校里，我学习中等、相貌中等、身材中等，就连眼睛都是不大不小。从来没有人注意过我，所以我也没有早恋过。大学四年，宿舍里上演了无数次卿卿我我的恋爱戏码，形单影只的我，只好到图书馆去打发时光。除了学习，我还能做什么呢？无心插柳柳成荫，我竟然考上了硕博连读。这一次，我破天荒地成了一个大新闻。

以我这样的资质，硕博连读真的是很吃力的。我把时间都用在

了读书上，根本没有时间谈恋爱。等我博士毕业的时候，以前大学同学的孩子都上幼儿园了。我被分配到一家大型国有企业，这家企业的负责人非常有魄力，我在那个单位干了不到一年，他就把我提拔成了组长，一年后，又把我提拔成项目负责人……五年时间不到，我已经是公司的副总了。一个长相平庸，扔到人堆里都找不到的女人，就算攀升速度再快，别人也不会觉得其中有什么“潜规则”，而我，出色的业务能力本来就让单位的人刮目相看。至此，我的事业已经全面开花。在全中国房价差不多最高的北京，我住着一百平米的房子，开着三十多万的车，可以算得上一个准成功人士了。

只是，完成这一切的时候，我已经35岁了，很不幸的，成了人们所说的“败犬女王”。

在北京，有许多像我这样的女人，自己条件非常优秀，但却一直单身。

因为，没有相应的男人来和我们匹配。

我也曾试图通过婚介来认识男人，来解决自己的终身大事，可见到的都是极品：年龄基本都在50岁以上，不是头上“两边铁丝网，中间溜冰场”，就是满脸褶子夏天可以夹死蚊子。我埋怨中介公司给我介绍的对象太次，谁知公司的小姑娘说：“人家要是又年轻又帅还有钱，谁找你啊，小姑娘大把大把的好不好？要不，我给姐姐找个小白脸？”

虽然话说得难听，但实质就是这样的。别说是年轻的，即使是年纪大的，只要有钱，什么样的年轻姑娘招不来，没钱的，我也看不上啊。

我想起了那个理论：A男配B女，B男配C女，C男配D女，剩下的就是D男和A女了。可我愿意找个D男吗？

说真的，我在业界也算小有名气，走出去也是有头有脸的人，老公，怎么能随便找呢？我身边打交道的男性，非富即贵，可他们对我，敬而远之，就算找情人也轮不到我，因为我一不漂亮，二不年轻，要说优势，也就是事业还算成功，有点小钱。

我曾经遇到过一个让我心动的男人。他很年轻，才20出头，长得很秀气，虽然只是个保安，可气质却很高贵，别人穿保安制服看着很猥琐，而他却能穿出英伦王子的气场。刚开始的时候，是他帮我提东西，嘴巴很甜，总是姐长姐短的。一天晚上，我喝多了回家，家里的电忽然没了，我打电话给物业让保安给我送一张备用电卡，当时他来了，帮我插好电，看我喝多了又细心地帮我倒了一杯热水，拿了一条毛巾放在床头。我当时忽然心潮澎湃，就抱住了他，该发生的自然而然地发生了。他确实是个很让人销魂的男人，跟他在一起，我很满足。和我地位相等的男人，如果长得这么帅，压根是不会看我一眼的。可是他不一样，他很崇拜我，觉得我很有本事，觉得我高高在上像女王一样。刚开始，我很享受这种感觉，一个年轻英俊的男人拜倒在自己石榴裙下的满足感。他常常跑到我家来，给我做饭、打扫屋子、洗衣服，我回家的时候就放好热水，给我洗澡、按摩，然后和我亲热。我感觉如果就这样过下去也没什么不好的，一个这么强壮、俊美的男人陪着我，就算他不赚钱，那又有什么关系？

可是接下来发生的事情让我改变了想法。

一次，完事后，他大汗淋漓地把我搂在怀里，支支吾吾了半天，从齿缝里挤出几个字："姐，你能借我点钱吗？"

我问："多少？"

他说："5万。"

他说，他父亲生病了，是很严重的病，可能需要手术和化疗。

可是他工作了没几年，保安工资又很低，根本没有积蓄。他说他也是没办法才向我开口的，说着说着眼泪就流了下来。

其实我完全可以直接给他。但是我想测试一下，我想赌一把，我想知道他到底是为了钱和我在一起，还是因为喜欢我。我说："我没钱。你看，我有房子，有车子，但是这些都是贷款买的，银行里欠着几十万呢，我可能到了50岁，才能全部还完。我的生活，只是表面风光。"

他说："那，少一点，有没有？2万。"

我狠着心摇摇头。我想，如果他没要到钱，但却不恼怒，我就会马上给他10万。可我万万没想到，他忽然把我推开，从床上跳了起来，喊道："你骗我，你怎么可能连5万块钱都没有？我那天还听见你打电话，让别人给你卡里打50万呢。"

确实有这回事，那是我的销售回扣，可是，我死活没承认。我说："那是公司的钱，不是我私人的。所以我没有权限给你，更拿不出来。"

这下，他彻底暴跳如雷。他指着我的鼻子说："你骗我！我不管，我这么年轻，陪了你这么久，难道不值5万块钱吗？你要是不给我，我就在院子里说你和我的事儿，我还有你光着身子的照片呢！"他赤裸的样子，真的很丑陋。

我自认倒霉，只好给了他5万块钱。看他喜滋滋数钱的样子，我只感觉到一阵恶心。为了避免他无休止地敲诈我，我很快卖掉了那套房子，搬了家。我再也不想跟这个男人有任何瓜葛，不，应该说，我再不想跟任何男人有瓜葛了。

既然，优秀的男人我已经找不到，只能找这些比我差的，那我宁可一辈子单身一人。别人在大树底下好乘凉，我自己栽树，自己乘凉，也不允许别人到我的树下来乘凉。好的婚姻，应该是两个人互相促进、互相成就，而不是一个人在另一个人身上寄生，消耗对方。这样的婚姻，甚至爱情，我都不要。

别人说，我这是高不成，低不就。我不管，我只是不想让自己的一生那么难受。说真的，婚姻和爱情，真的不是生活的必需品。

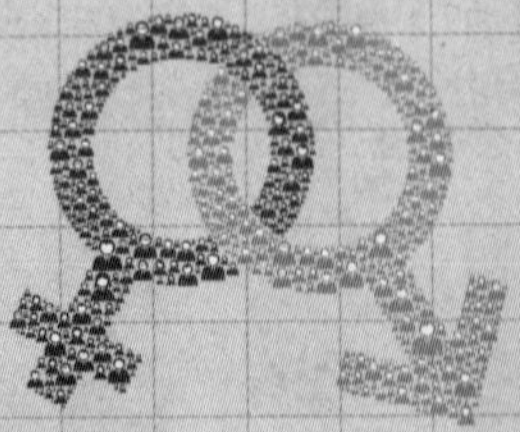

告白5：剩下了谁

挑大麦穗是有条件的

魏云　女　51岁　办公室主任

“那些女人不愿意给男人的，最后都给了蛆虫。”——英国谚语

古希腊哲学家苏格拉底的三个弟子曾经请教他，怎样才能找到理想的伴侣。苏格拉底把三个弟子带到麦田边，让他们找出一棵最大的麦穗，条件是：只能摘一棵，而且不能走回头路。第一个弟子刚进麦田不久，就摘了一棵麦穗，走到后面发现还有更大的，可是已经不能再摘了；第二个弟子一直不摘，相信前面还有更大的麦穗，结果走到了尽头，才发现自己两手空空；第三个弟子大概把麦田分成了三段，在第一个三分之一段里观察到最大的麦穗到底有多大，在第二个三分之一段里只看不摘，和前一段的观察结果进行比较，在最后一个三分之一段里，便摘到了这棵麦田里最大最美丽的麦穗。

这就是著名的“麦穗理论”。

而魏云，就是典型的第二个弟子。

她生得窈窕，模样动人，家世良好，就像三月里的桃花一样，令周围的男士都蠢蠢欲动。刚一进大学，就被无数男生疯狂追求，但魏云根本不为之所动，因为母亲告诉过她："这种三流大学能出几个优秀人才呢？如果你在这个学校里处了对象，就只能有三流的人生。"

大学四年，魏云的眼角都没扫过学校里的男生。不管追求者有多帅，家境有多好，多么有才华，她只坚信，在钻石堆里才能找到钻石。

许多女同学都成了毕婚族，没几年就生了孩子。魏云一边把自己打扮得光彩照人，一边在内心嘲笑那些因为奶孩子而身材走形、邋里邋遢的女同学："难道自己能跟她们一样把一辈子就交给这些平庸的男人吗？"

她进了三甲医院做行政工作。医院的单身男性很多，个个都是行业精英，收入不菲，他们也喜欢找魏云这样工作稳定、长相姣好的姑娘。可魏云说，两个人每天上班在一起，下班在一起，24小时黏在一起，互相看都看烦了。

改革开放了，许多人下海发财，摇身一变，都成了富翁。那会儿，有人给魏云介绍了一个开酒店的老板。老板开着尼桑蓝鸟来接魏云，请她到城里最好的西餐厅吃饭，对她献殷勤地说，如果她答应和自己相处，马上就送一辆小伏尔加汽车给她。

魏云在科室里当笑话来讲这次相亲，说："有钱倒是有钱，但是太俗了，满嘴都是孔方兄，我怎么受得了？好歹我也是个大学本科生吧。"

漂亮的姑娘走到哪里都会引人注目。魏云每天上班，都会从一个大学的院子里穿过。那里有一片小树林，每天，都会有一个小伙子在那里看书。有一天，小伙子忽然拦住魏云，说：“我能请你看电影吗？”看到他戴着金丝眼镜，穿着雪白的衬衫，胸口的口袋里还别着一支英雄钢笔，一副标准的知识分子的模样，魏云顿生好感，接受了邀请。只是，这段感情两个星期后就香消玉殒了。因为魏云深入了解了小伙子，他是这所大学的讲师，每月的工资只有几百块钱，住在筒子楼里，每天早上还要拎个便盆去卫生间倒尿。小伙子是从农村考出来的，家里也没什么背景，还需要他时不时寄钱回去。魏云说：“他是挺好的，可我这么好的一个姑娘，怎么能跟他过那种日子呢？那也太憋屈了。俗话说，男怕入错行，女怕嫁错郎，这可是真理。”

就这样晃荡着，魏云就到了30岁。眼见着同班同学个个都享受着天伦之乐，她以前看不上的男同学，很多都事业有成；以前追求她的同事摇身一变，有的出去创办了自己的私立医院，做了院长，有的远渡重洋，成了洋插队；就连当时那个大学男讲师，也因为发表的学术论文获得了国际奖项，而成为了一个新项目的领头人，每年上面给批的项目经费是天文数字。可魏云还是形单影只，连个男朋友也没有。

魏云说：“婚姻这样的事情，必须得慎重。我得找个满意的，条件相当的，宁缺毋滥。我宁可一辈子不出嫁，也绝对不会凑合的。”

长得英俊的，没有钱；有钱的，没文化；有文化的，性格太娘；太爷们儿的，又大男子主义；有钱有文化有品位的，头发又少了……反正，从每个相亲对象身上，魏云都能挑出一点儿毛病出来。

闺蜜劝她说，人没有十全十美的，有些小瑕疵，不影响生活就算了。

魏云说：“哪个小瑕疵能忽略呢？比如他如果秃顶，不光是我看着不舒服，以后没准还遗传给下一代呢；没钱的，以后连孩子也养不起；个子太矮的，走到人跟前就低人一等……"

闺蜜急了，便说："你要想找个白马王子，也得看看自己是不是白雪公主啊。说真的，你都30好几了，还有什么优势呢？"

魏云不以为然，说："我当然有优势了。女人该有的，我都有。"

不久后的一次事件，打击了魏云。有个朋友给她介绍了一个对象，说对方身材威武、成熟稳重、幽默开朗，还是个老板。魏云欢天喜地地去了，最后哭着回来了，说："什么身材威武，因为太胖了；什么成熟稳重，因为已经快50了；不停地讲黄段子，也叫幽默开朗？还有，说他是什么老板？我呸，是报刊亭老板！最可气的是，那人还带着两个孩子，说，如果我嫁给他，就每月给我一千块零花钱……"魏云当时就翻脸了，那人不屑地说："你都30几了，有人要就不错了，挑什么挑啊。说真心话，如果不是你在医院工作，我还真没看上你。"

人人都以为经过这次，魏云会认清自己，接受残酷的现实。没想到，她像圣斗士一样，更加坚决地说："反正已经剩到现在了，我非得找个十全十美的，否则宁可不嫁。"

仿佛一语成谶。

后来的十多年里，魏云不断地相亲，也不断地与人偶遇。只是，四五十岁的女人，还能挑什么呢？首先，后来遇见的那些男人，都是结过婚的，或者离异，或者丧偶，从来没结过婚的，几乎是凤毛麟角。要从这凤毛麟角中再找到符合她条件的，那比上帝再造一个地球的难度还要高。最后的最后，魏云每次见到的，不是头发花白的，就是早已谢了顶的，有的甚至连老人斑都长了。

有一天，魏云又去相亲。在小公园里，一个西装笔挺的老头，看上去还挺风度翩翩的，笑眯眯地迎了上来，头发也还浓密，染得一丝不苟，长得也不错，有几分威严，据说还是局级干部呢。魏云心花怒放，正要上前跟老头打招呼，一个四五岁的小朋友扑了过来，甜甜地叫她："奶奶！"原来，老头连孙子都有了。

这一声"奶奶"，把魏云叫醒了。回到家，她对着镜子，看自己那几乎伸到了头发中的鱼尾纹，松弛的脖子，下垂的乳房，和腰间游泳圈一样的赘肉，心里突然一阵悲凉。她真的已经成了一个老太太了，却还在相亲，还在可笑地幻想着她的白马王子。

从此，魏云断了所有的念头，再也没有去相过亲。

在日记里，她写了这样一句话："那个踩着五彩祥云的英雄，我们下辈子再见吧。"

谁会允许你在宝马里哭泣

一文 女 45岁 保洁

“用物质来供奉的爱情，当你停止给予的时候，它就很快消灭了。”——培根

CHANEL的包包、GUCCI的鞋子、DIOR的香水……林某某，每次看到你，我都以为看到了一块移动广告牌。你的全身上下，每一个毛孔里，都写着“名牌”两个字。虽然，这些名牌全都来路不明。

那一年夏天，一个女人当着全国上亿观众的面，在电视上说“宁可在宝马车里哭，也不在自行车后面笑”，我在鄙视她是拜金的脑残时，也爱上了你。彼时，你还在一个房地产公司做财务，穿着一身职业装，系着一条爱马仕的彩色丝巾，虽然不是大美女，但也青春洋溢。

我在你们售楼部门口掉头时撞到了你，你的膝盖破了，我慌忙把你领到医院做检查。你一个劲儿地说不碍事不碍事，让我不要管

了，赶快去忙自己的事情。这一切让我觉得你温柔体贴、善解人意、心地善良，禁不住对你有了好感。送你回家后，我发现你的包落在了我的车上。第二天，我把包送到了你们售楼部，你娇笑着看我的样子，真的让我心生荡漾。你调皮地说为了感谢我，要请我吃饭。你带着我去吃大排档，还说那里很好吃。我说，其实你这样的姑娘，可以过更好的生活。你说，你是注重情感的姑娘，你只要和心爱的人在一起就行了，哪怕一起吃路边摊。那一刻，我爱上了你，我觉得你是个不慕虚荣的好姑娘，虽然你浑身上下都是名牌货。

我开始追求你，每天到你们售楼部，送鲜花、送美食、送惊喜，我其实特别想把自己打包送给你。你刚开始很羞涩，但可以看出来特别开心。就这样，你成了我的女朋友。我常常接你下班，有时开车，有时骑自行车，你都开开心心地坐上来，然后我们一起去吃大排档、喝啤酒。那是一段最美好的时光。

不和谐的音符出现在一个月之后。有一天，你说要逛街，拉着我来到了东方新天地。你看中了一个包包，撒娇说："这个很好看。"我看了一眼价格，说："妈呀，这得顶我好几个月工资呢，宝贝，我们不买了，我带你去吃你最爱的麻辣小龙虾。"你说："亲爱的，我今天生日，特别想要这个，你给我买嘛。"我说："我真的没钱，宝贝，老板最近不在，工资拖了快一个月了。"没想到你顿时发怒了，质问我说："你他妈是不是个骗子？""我怎么会是骗子呢？"我有点丈二和尚摸不着头脑。你说："你开着奔驰，怎么会没钱？"

我一下子蒙了。奔驰是老板的，我只是他的司机而已。老板出国两个月，让我每天开车接送他家孩子，我5点之后就没有事情做了，所以开车到处溜达，可以接她到处玩儿，仅此而已。

对你坦白这一切后，你一下子哭了，伤心无比。你打我骂我，说我骗了你。可是，我真的没有骗你啊。

原来，你根本就是想找个有钱人，可是却一直没有机会。那次你看我在售楼部门口掉头，年纪很轻，长得也不赖，所以故意演了一出苦肉计。吃大排档、骑自行车，都只让你以为我是个低调的有钱人而已。只是你没想到，这些都是我的本色。

我再去找你的时候，你再也不肯理我。我不甘心，因为我真心喜欢你。我跟你周围的同事套近乎，请一个叫乔乔的女孩吃饭。乔乔说："她啊，你要没钱就别追了，因为人家一门心思想找有钱人。可惜的是，她自身条件不是特别好，拜金又太明显，所以总是弄得鸡飞蛋打。找一般的男人，她不甘心，再说，一般男人也养不起她啊。"

后来，我常常偷偷去看你，还偷偷跟着你。你找过一个老头，那老头应该还算有点钱吧，开着一辆丰田，你坐在副驾驶上，还拍了好多照片发到微信上，老头还给你买了许多名牌货，不过都是些打折款，没什么特别贵重的。你跑到动物园买山寨的衣服，买山寨的包包和手表，原来你浑身上下的"名牌"，没一样是真的。其实，你想想，你穿着CHANEL的套装，戴着OMEGA的手表，脚踩PRADA的皮鞋，还天天挤公交坐地铁，谁信啊？不过你很快就跟那老头分手了，因为老头似乎也不是特别有钱的人，你今天要个一万的包，明天要个几万的项链，谁受得了呀？我还真见你找到了一个有钱人，整天带你出入五星级酒店，到燕莎购物，开着一辆沃尔沃招摇过市，令我倒吸一口凉气——原来什么人真的能找到什么人啊。后来，那人还送了你一辆马6，你终于如愿以偿了。

我不再惦记你，找了个老老实实的女孩过日子，结婚，生孩子。我自己组建了一支车队，开起了运输公司，算是小有成就，虽然算不上富豪，但每年的收入也很可观。我的妻子很温顺，很会过日子，虽然她完全可以在家做全职太太相夫教子，但她不愿意过那种寄生虫的生活，仍然在学校兢兢业业地当老师。她说，因为这样可以得到社会的承认、大家的尊重。我们的日子过得和和美美。

在内心深处，其实我也没有忘记你。偶尔，你也会在我心里划过，我会想，你现在一定过得很好吧？

没想到，我会在一次企业家聚会上见到你。那是一家高级会所。我正在和几个朋友喝红酒、聊天，你在旁边低着头走过。那一刻我震惊了，立刻张嘴叫出了你的名字，你抬起头来，看见我，慌张之中，你想落荒而逃。我追了出来，问你："你不是在做财务吗？怎么会在这里做清洁工？"

你泪流满面，告诉了我你悲惨的往事。"那个开沃尔沃的人，其实是个骗子。他对我很好，体贴有加、温柔大方。他每次都带我去高档场所消费，还送车给我。他说他是富二代，家里有连锁酒店什么的，还带我去酒店里他的办公室转了一圈，大家都对我恭敬有加。我感觉特别幸福，还真以为自己终于找到了有钱的白马王子。我们好得如胶似漆，难分难舍。就在我憧憬美好人生的时候，厄运来了。有一天，他忽然打电话给我，让我救救他。他说他在澳门赌钱，把身上的五千万都输光了，还欠了一千万，如果这个钱不给的话，他就会有生命危险，但他不敢告诉家里，因为害怕爸爸知道了剥夺他的继承权。他说：'宝贝，求求你，现在只有你能救我了。你给我打一千万过来，我回去就马上还给你。宝贝，我回去就跟你结婚。'他把账号给了我，那头传来凶狠的叫嚣声和呵斥声，然后电话就断了。

"我们公司的账户里，那时恰好有几千万，要付给建筑商，而且几天后就要转账。因为对他的身份坚信不疑，我毫不犹豫地就打给了他。晚上，一直担心他安危的我给他打电话，但他的电话却关机了。那几天，他的电话一直打不通，我害怕他出事，就决定去报警。这时，租车公司给我打来电话，说我的车租期到了，问我要不要续租。我这下才知道自己上当了，原来他送我的那辆马6，是在租车公司租的。后来，我才知道，他带我去的那家酒店的办公室，其实是他租用了一天的酒店套间，那些员工，都是他雇佣来的临时演员。

"好在，后来他被捉拿归案了，而我，也被判了几年。我出来后，哪个公司也不敢聘请我做财务了，为了生存，我只好做保洁员。"

"那，你结婚了吗？"我问你。

你摇头叹息："我永远也不想再考虑这件事儿了。你知道吗，我这辈子算是毁了！"

看到你已经花白的头发，憔悴的神情，我也不知道如何安慰你。下班时间到了，你拿着自己的包，蹒跚着走出了会所大门。我看到，你背的，依然是十年前，那款山寨的LV。

除了默默地祝福你，我真的不知道还能做些什么。

永远不会有人像父母那样爱你

小欧 女 35岁 电信职员

父母的爱大多数是蜜糖，但偶尔，也会变成毒药。

小欧是我的发小。至今，我家宝宝已经10岁了，可她依然待字闺中，没有一点要出阁的意思。

小欧的父母都是电信的领导，她从小的生活就比我们优越。记得小学的时候，我们能吃上一顿猪肉就觉得很幸福了，而她却常常能拿出一大块一大块的巧克力，和各种我们见都没见过的糖果。她穿的衣服也是父母从上海带回来的时髦款式，一到学校就会引起围观。那会儿，父母都是骑着自行车接我们上学放学，只有小欧的父亲骑着一辆大大的摩托车，小欧坐在摩托车上，穿着漂亮的黄色乔其纱裙子，长长的辫子上飘着我们女孩子都没有的真丝蝴蝶结，感觉就像骄傲的公主。

小欧的父母极其宠爱她。小欧什么家务活也不会干，真正是

“饭来张口，衣来伸手”。记得小学的时候，有一次，我们班全体去郊游，中午，大家在一起野餐，把自己带来的食物纷纷拿出来分享。我给了小欧一只煮鸡蛋。小欧说：“你干吗带个生鸡蛋来呢？”我说：“这是熟的啊。”小欧惊讶地说：“熟鸡蛋都是白白的，不是这样子的。”我剥掉鸡蛋壳，问小欧：“是这样的吗？”小欧说：“是的。”这在我们班成了大笑话。

一直到高中，小欧都不会自己洗澡，自己洗衣服，她连一双袜子都没有自己洗过，更没有做过一顿饭。她每天回家，妈妈会把拖鞋给她拿到面前，侍候她换上，然后她就回到自己的小屋，玩游戏、看电影、吃零食，直到妈妈把饭菜端上桌，再叫她出来吃饭。星期天出去玩儿的时候，父母给她背着包，拿着吃的喝的，她逍遥自在地玩儿就行了。妈妈过一会儿就会把温度适中的水递给她，爸爸会给她擦汗。晚上妈妈会给她洗脚，擦干脚丫，半夜还会来给她盖被子。她的生活，完全跟5岁的时候，没有任何区别。

其实小欧长得还算漂亮，皮肤白白的，眼睛大大的，身材有点微胖，但也别有一番滋味。她年轻的时候，喜欢她的男孩子很多。我记得上大学的时候，她告诉我说，有个同班同学A在追她，他们一起逛公园、看电影、散步。小欧似乎也动心了，但过了不久他们就分手了。据说是因为有一次两人出去玩儿，下雨了，A和小欧打着一把雨伞，两人都淋湿了。小欧哭着说：“A，你根本不爱我。如果是我父母，就会把伞给我，自己淋雨的。”A无语了。

工作后，同事B追求小欧。B很英俊，毕业于复旦大学，父亲还是某事业单位的局长，他几乎是个完美的交往对象。可是过了一段时间，小欧的父母对她说：“这个男孩不会对你很好的，分手吧。”原来，小欧的父母听说女儿谈恋爱后，一直不放心，经常在他们约会时偷偷地跟在后面。父母说："每次你们一起出去，乘坐出租车的时候，他都自顾自地上车，不给你开车门，不等你上车后自己才上车，根本不顾及你的安全，过马路时，也是自己过自己的，根本不管你。有一次，他开车来接你，我们在窗户上看见他把车停在马路对面，让你自己过马路。他如果爱你，就会把车掉个头，停在家门口，不让你自己过马路，那多危险哪。不行，不行，绝对不行。"小欧觉得父母说得有道理，于是，就跟B分手了。

就这样，小欧的终身大事迟迟解决不了。到了快30岁的时候，小欧终于又交了一个男朋友C。C是政府公务员，因为整天侍候领导，所以对小欧殷勤备至，像过马路时让她走到内侧，上楼梯时让她走在前面，下楼梯时让她走在后面，开车门时还用手护着她的头这些细节，都做得无可挑剔，小欧和她的父母对他都极其满意，两人几乎到了谈婚论嫁的程度。有一次，C带小欧去山里游玩，要住一晚。那一天，一直没有发生亲密关系的两个人，决定在这里突破最后的防线，于是就开了一个房间。临睡前，C礼貌地让小欧先去洗澡。C坐在床边上，甜蜜地想象着过一会儿要发生的事情，不禁心花怒放。但令他掉眼镜的是，小欧从洗澡间出来后，却直接把浴巾扔到他头上，气呼呼地说："你这个自私鬼，见你的鬼去吧！"

C感到丈二和尚摸不着头脑。他坐在那里，除了幻想，什么也没干啊？后来，他终于知道了原委。原来，他们出去的时节，天气已经转凉，浴室里很冷。往常，如果小欧在家的话，父母肯定会先洗澡，再让她洗，因为这样一来，等她最后进去洗澡的时候，浴室里会变得很暖和。C倍感委屈地说："我只是想着女士优先啊。"

最后一次找对象，D各方面条件都不错，也很体贴。双方非常满意，继而父母见面，商量如何办婚事。吃饭时，上了一盘螃蟹炒年糕，D的父母把螃蟹夹给D，说，D最喜欢吃螃蟹了。回家后，小欧和父母大发雷霆。

父母说："这样的婆婆，以后怎么会对你好呢？只要你有一点不对，马上就会跟儿子联合起来整死你。"当时，全家人都在看《双面胶》那部电视剧。电视剧中，老公在婆婆的怂恿下，像疯了一样地打媳妇。小欧害怕地说："算了，算了，嫁不出去是小事儿，不要被打死了。"

就这样，小欧的婚事一年又一年地拖了下来。她找不到那个中意的郎君，觉得任何人都不够爱她。有时候，她会对我吐槽这些，说："我也不差，为什么会嫁不出去呢？"

有一阵儿，我劝小欧说："你要知道，伴侣不是父母，他们是没法像父母那样爱你的。再说了，你要求别人那样爱你，可你对人家能做到那样无微不至吗？"

小欧说："可是，你找个男人，不就是让他疼爱的吗？如果他不能像父母那样爱你，更别说超过父母，那这样的婚姻，不是太悲哀了吗？我是宁可玉碎，绝不瓦全。"

小欧的父母到处托人给小欧介绍对象，可是又处处挑剔别人的不是。一直到小欧35岁的那一年，父母对她说："没事，宝贝儿，如果你找不到像父母一样爱你的人，父母就养你一辈子，让你幸幸福福地过一辈子，永远也不受任何人的气。"

前几天，我带孩子回小区看父母，又看到了小欧。她挽着父母的手臂，在院子里散步。我跟她聊了几句，又提起了结婚的事情。她叹了一口气，说："算了，这辈子我已经决定不结婚了，就我们三个人生活在一起，挺好的。因为，只有我们三个，才是真正对对方好的人。外人，哼，根本不可能。"

我看到她的眼角，已经有了许多鱼尾纹，她的头发里，许多银丝隐约闪烁。我不敢说我为小欧觉得悲哀，但心里，总感觉那么一丝丝惋惜。也许幸福只是一种感觉吧，她如果觉得自己现在的状态很幸福，那也是一种幸福。也许，幸福在每个人心里的标准，都不尽相同。

套中人，套住的是谁

大表姐 女 49岁 大学老师

“世上所有事都得付出代价，那代价又永远比你得到的多一点。我们永远得不偿失。”——亦舒

契诃夫写了一篇小说叫《套中人》，谁看了都觉得荒唐。可实际上，生活中真的有这样的人。比如说，我的大表姐。

大表姐现在已经快五十岁了，一辈子都没结婚。她长得不差，皮肤光滑，腰上没有赘肉，也没什么老年病。每次家庭聚会，她都得意地说：“瞧瞧，我这叫养生有方！”她还是大学的老师呢，可不知道为什么没嫁出去。

我悄悄地问我妈，我妈说，作的呗。

我百思不得其解。我只觉得大表姐特别喜欢给人讲各种常识什么的，有时有点招人烦，但还不至于嫁不出去吧，有毛病的女人多

了，还不是个个都有幸福家庭？

我妈说，大表姐从小读书就读得好，学习根本不费吹灰之力，每次开家长会，别的家长恨不得找个地缝钻进去，舅舅和舅妈去，却恨不得弄个牌子写上“我是某某某的家长”，然后找个最显眼的地方站着，接受各种艳羡的目光。学而优则牛，老师、家长都夸大表姐，这也好，那也好，就算大表姐打了别人家的孩子，老师也会批评别人家的孩子故意招惹她。

大表姐有个本领：过目不忘。只要是她看过的书，她几乎都能背下来，加上看的书太多了，她真是上通天文，下通地理，响当当的女文曲星一个。那时候，大家在一起吃饭的时候，最后的保留节目就是大表姐在饭桌上喋喋不休地告诉大家，哪种蔬菜营养最丰富，哪种水果最能养颜，哪种饮料喝了美白，哪种干果会对记忆力产生影响。

比如，如果饭店服务员给大家上的茶里有枸杞，表姐看见了，就会说：“你们知道枸杞这个名字是怎么来的吗？在甘肃的一个山村里，有个叫狗子的小伙子，他出外干活赚钱，天遇大旱，没有粮食，乡亲们都快饿死了。狗子的妻子在后山寻找，发现了许多红色的小果子，甜甜的，于是就让大家采摘这种小果子充饥，才使全村人活了下来。后来，人们就把这种红色的小果子叫‘狗妻’，最后谐音为‘枸杞’。”

大家一听这些，都觉得特新鲜，大表姐就更得意了，任何一个东西只要让她看见，她就能讲一大串。

小孩子这样大家觉得可爱，可长大了，就不一定了。

大表姐就职的单位还不错，工作清闲，工资也不低，加上大表姐的外表也有几分妩媚，追求她的人可多了。但没几天，小伙子们就纷纷撤退了。为啥呀？嫌她作，跟她在一起一点儿也不自在。

比如，有小伙子请大表姐出去吃饭，大表姐说："吃什么饭啊？外面都是地沟油、反季菜，盐多，添加剂又多，吃了等于慢性自杀！"

小伙子说："那吃什么啊？"

大表姐拿出自己带的饭盒，里面是清水煮白菜加白米饭。

大表姐说："白菜是最好的清毒食品之一，能清除身体中的毒素。你看，我这自己做的菜盐少，油几乎没放，吃了最健康了。"

作为一个食物链顶端的人类，尤其是天天还要卖力气的小伙子，这样的膳食，几乎立刻就让他打消了和这样一位素食主义美女共同生活的念头。大表姐每天饭盒里的清煮西兰花、清蒸娃娃菜、清炖豆角以及各种蔬菜沙拉，吓退了单位一大批适龄的肉食青年。

大表姐从来都不吃外面的食物，不管是上班、见客户、出去度假，她都坚持自带食物或者自制食物，而且无论什么时候都带着自己的餐具，因为外面的餐具"说不定都是用洗衣粉洗的，压根没消过毒"。相关单位的适龄青年，又被全部吓跑了。

大表姐得了一个"女尼"的外号，所有适龄男性对她敬而远之。

但不是没有勇敢的。有一个研究佛学的工厂技术员就很欣赏她，觉得她简直是健康饮食倡导者的标杆。技术员对大表姐穷追猛打，芳心终于透了一条缝给他。技术员非常开心。因为他每天都可以吃到大表姐的爱心健康盒饭了。可没吃多久，技术员也恼了。他跟大表姐分手的时候，说："你生活得这么教条，干脆当机器人好了。这样的人生，还有什么乐趣？"

原来，大表姐设置了无数个闹钟，对每天几点起床、几点吃饭、几点睡觉都有严格的规定。还有，她规定技术员不准抽烟、不准喝酒、不准晚上出去玩……如果只有这些，那就太小瞧大表姐了。大表姐给技术员准备了一个营养包，里面装满了各种钙片、胶囊、蛋白粉什么的，每天大表姐给技术员打好几次电话，督促他定时定点吃这些“补品”。更可怕的是，她不允许他生气，也不允许他大笑，说大喜大悲对身体不好。

有一回，技术员在看足球赛，看到自己喜欢的足球队赢得了冠军，顿时高兴地站在沙发上又跳又喊。大表姐闻声进来，冷冷地对他说：“不要有这样的情绪，对身体不好。”技术员顿时蔫了，觉得兴致全无。

技术员爱吃素餐，但有天朋友请客，他就多吃了几个大肉包子。没想到，晚上一回到家，大表姐趴在他嘴边闻了闻，怒声说：“你干吗吃肉！你知道那猪肉里面有多少胆固醇吗？”最后的结果是，大表姐拉着技术员到医院去洗胃。

不光是饮食如此，穿衣服也一样。技术员穿了红T恤、绿背心，大表姐马上大叫：“给我脱下来，美学原则你不懂吗？”

第一次去婆家拜访，一进门，大表姐就大叫说：“什么味儿？”然后她马上冲过去，把所有窗户全部打开，说：“早上起床第一件事情就应该是打开窗户，让房间里的空气流通。”开窗户时她看到老两口叠得整整齐齐的被子，又说，“一起来就叠被子是不对的。应该把被子翻过来摊开，这样，睡觉时呼出的浑浊之气、汗、还有身上掉的皮屑才不会在里面生出细菌……”

吃饭的时候，技术员的爸爸拿了一盘豆腐乳夹馍吃，大表姐又说上了：“叔叔，您这样吃不健康。豆腐乳在制作过程中，产生了许多亚硝酸盐，吃多了容易致癌。”

这一下，老爷子不答应了，这豆腐乳他吃了一辈子，再说了，致癌之类的词语，是老年人最忌讳的。老爷子摔了筷子，说：“就算致癌，老子也爱吃，怎么了？老子的妈吃了一辈子豆腐乳，现在90多了，吃豆腐乳怎么了？”

撕破脸皮了，也就没办法再继续了。大表姐唯一的恋爱，就这样香消玉殒了。

好事不出门，坏事传千里。何况，我们这里只是个小城市。有人看上大表姐，稍微一打听，这些事儿就全出来了。从此，大表姐就再也没有处过对象，直到现在。

套中人是把自己装在套子里，害怕跟外界接触，直到最后到棺材中去实现自己的理想。而大表姐，又何尝不是给自己的生活戴了一个坚硬的套子呢？

我能管住自己的心，却管不住自己的手

叶紫 女 39岁 工会主席

> “我以为爱情可以克服一切，谁知道她有时毫无力量。”——张小娴

叶紫长得很美，是那种让人惊艳的美。庄子在《逍遥游》中写道：“藐姑射之山，有神人居焉，肌肤若冰雪，绰约若处子，不食五谷，吸风饮露。”毫不夸张地说，叶紫给人的就是这样一种感觉。小的时候，她每到一个新地方上学，就会引起轰动，全校的同学都会来围观。

但谁也不敢招惹叶紫。她上初中的时候，因为美貌，引来了社会上的小混混。号称“大哥”的小混混领了一帮兄弟，在放学路上拦住了叶紫，想要跟叶紫交个朋友。叶紫说了声“无聊”，就无视他们的存在，转身要走。

“大哥”吼了一句：“把老子当空气啊！今天你愿意也得愿意，不愿意也得愿意！”他手一挥，一帮小混混就扑了上来。正当“大

哥”得意扬扬，等着叶紫向自己服软求饶的时候，小混混们发出了一阵杀猪般的号叫。

一眨眼的功夫，叶紫竟然把七、八个十七八岁的小伙子全部撂倒在地上，更可怕的是，那些小伙子个个都骨折了。

原来，叶紫的父亲是跆拳道教练，因为她长得太漂亮，所以父亲从小就训练她，叶紫还曾经在全市跆拳道比赛中得过冠军呢。

事后，因为是对方挑衅在先，叶紫又未成年，所以她并不需要承担任何刑事责任。本来警察让叶紫家承担医药费，叶紫眉毛一挑，对着那几个小子问，要不要？人家吓得屁滚尿流，连连求饶说，不要了，不要了。

从此，叶紫声名远扬，再也没有人来骚扰她了。她得以顺利地进入了高中、大学。

漂亮女生，会引来狂蜂浪蝶，也能引来白马王子。叶紫一入校，许多男孩都疯狂地追求她。其中，有一个叫潜君的男孩，高大、英俊、玉树临风，如果潘安转世，也不过如此。潜君的父亲是一位部级干部，他家庭条件非常优越，学习成绩也好，还不是书呆子，他会拉小提琴，会吹萨克斯，得过机器人发明大赛的全国奖项，又是大学生辩论会的最佳辩手得主。总之，潜君就是全校女生爱慕的白马王子，是众多女生家长心中的乘龙快婿。但，你想找个白马王子，也得看看自己是不是白雪公主啊。偏偏叶紫就是。美丽动人的叶紫在众多的女生中简直就是鹤立鸡群，一下子就被潜君捕捉到了。

俊男靓女、珠联璧合，说的不就是潜君和叶紫吗？两人没费什么波折，就成了校园中人人羡慕的金童玉女。童话里总说：从此王子和公主过上了幸福的生活。可是，他们的悲剧才刚刚拉开帷幕，确切地说，应该是潜君的悲剧。

潜君从小众星捧月，被无数父亲的下属、朋友捧着、惯着，是真正的太阳，做什么都是我行我素。而叶紫也是被父母娇生惯养的大小姐的典范，容不得别人对自己指手画脚。两人第一次矛盾爆发，是因为潜君不允许叶紫穿吊带，还半开玩笑地说："那是我们家的东西，怎么能让别人随便看呢？"叶紫气得甩开他，说："我不是你的私人财产，我喜欢怎样打扮，是我的私事儿！"潜君说："你是我的女人，就得听我的！"一来二去，两人吵得不可开交。潜君忍无可忍，抬手给了叶紫一巴掌。这下他可捅了马蜂窝，还没反应过来，他就被摔了个仰面朝天。叶紫对他噼里啪啦一顿胖揍，潜君连反应的时间都没有，脸就肿成了面包。如果不是潜君求饶，他的一条胳膊早就被叶紫掰折了。后来，两人又和好了。但过不了多久，只要两人有争吵，叶紫就会对潜君大打出手，直到有一次，她直接把潜君的一根指头掰折了。

真是最毒妇人心哪！潜君无法忍受叶紫这样的暴脾气，果断提出了分手。而叶紫的野蛮也随之传遍了校园。以后的三年多，虽然叶紫貌美如花，但再也没有男生敢追求她。看来，"痛并快乐着"，在男生眼里并不是一件浪漫的事。

因为漂亮，毕业后，叶紫的追求者依然不断。叶紫也尝试着跟其中的一些佼佼者交往，但是年轻人都血气方刚，免不了为一些事情争吵拌嘴。一到打嘴仗的时候叶紫就甘拜下风，一着急她就会上手，动起手来跟女警打小偷似的。男方被打得轻则鼻青脸肿，重则要卧床三天。有一次，她的一个男朋友被打得胃出血了。男孩子的妈妈跪下哭着求她离开自己的儿子，说："姑娘啊，你虽然长得漂亮，可心比蝎子还歹毒啊。以后我儿子要是跟你在一起，保不齐连命也会没有了。没媳妇事儿小，没命了可就一切都没了。"

叶紫也觉得自己过分，可每次只要有人敢跟她犟嘴、耍混，她就忍不住用暴力解决。连她的同事都处处让着她，害怕一不小心，点着这个“炮仗”，自己就要受皮肉之苦了。

众人眼里，美丽的叶紫差不多成了一枚“定时炸弹”，谁也不知道她什么时候会爆炸。

直到快30岁，叶紫才勉强嫁给了一个工厂的工人阿灯。阿灯特别老实，对叶紫百依百顺，每次叶紫的脾气上来了，阿灯就会各种哄、各种逗，让叶紫的脾气发不起来。就这样，阿灯最终独占花魁，抱得美人归。两人就这样相处了半年，倒也相安无事。

谁料到，婆婆的到来，打破了这种幸福。阿灯的父亲去世了，母亲无处可去，就来投奔儿子。母亲见叶紫虽然脸蛋漂亮，但在家里什么都不干，阿灯整天奴颜婢膝的，实在无法忍受，说了叶紫几句，叶紫竭力地控制着自己的脾气，不说话只是听着，老太太有点得寸进尺，继而开始说叶紫家教不严、不守妇道，如何如何，越来越难听。叶紫忍无可忍，直接扇了老太太一耳光。老太太简直要疯了，哭天抢地，扑过来就要打叶紫，没想到被叶紫按在地上，狠狠地打了一顿。这一下，老太太被送进医院，住了半个月才回家。

不管叶紫多么后悔，但她永远也无法挽回阿灯的心了。因为孝顺的阿灯无论在叶紫面前多么奴颜婢膝，多么爱她入骨，也无法容忍一个敢动手打自己母亲的女人。

叶紫落寞地回到了娘家，从此封存起自己的心。她不知道，还有谁能像阿灯那样宽容自己。她也不知道，自己这一生，如何改掉“暴力女王”这个称号。总之，她无法拥有正常人的婚姻，索性就不要了吧。

没人会爱“抹布”女

小如 女 45岁 大堂经理

“见了他，她变得很低很低，低到尘埃里，但她心里是欢喜的，从尘埃里开出花来。”——张爱玲

小如其实很清秀，长发飘飘，鸭蛋形的脸，皮肤吹弹可破，唯一的缺点可能是个头不高吧。但不高的女生，人们都会称赞她小巧玲珑，况且，小如也有快一米六了，这个，绝对不是她嫁不出去，更不是她终身不嫁的理由。

小如说自己是“王八蛋吸铁石”，总是吸引来坏男人，这些男人对她不好，想方设法地算计她，最后还会抛弃她，跟其他条件远不如自己的女人打得火热。

比如她的第一个男朋友吧，是一个民办大学的普通学生而已，

小如和他同居5年，他什么都没有干过，他的内裤和袜子都是小如洗，就算在小如的生理期也不例外。他是衣来伸手饭来张口，晚上小如还要把洗脚水端到他面前，如果他在玩游戏，还会不耐烦地说：“你能不能晚点儿？”

小如就像他妈一样对他无微不至地照顾，对他的要求有求必应。一天，他叮嘱小如买他们常吃的那一家的鸡汤回来，小如差不多穿过了半个城市，端着那锅鸡汤，在拥挤的地铁里小心翼翼地护着，回到家里，才发现他和另外一个女孩在家里玩游戏，那锅鸡汤，是他用来讨好这位新女朋友的。

第二个男朋友，其实还算半个成功人士，是一个证券交易所的操盘手，不算富有，也超过小康了吧？但小如却从来不花他的钱，两人住的公寓是小如租的，他的车是小如给送去加油，一年四季，他名牌加身，全部都是小如买给他的，平时的生活开销什么的，他从来没管过。甚至他过年回家看父母，都是小如买好礼物，他只负责带走就行。我们都笑过这个男生抠门，可小如说，他家庭负担重，再说了，他要攒钱给俩人结婚买房子啊。可是，3年后，小如看到他花了4万多块钱，订下了欧洲精品游。她还满心欢喜地以为他要给自己一个惊喜，没想到他却是要带另一个女人去旅行！在博客里，那女人炫耀了自己购买的一身行头，价值3万多，还特别强调是自己的新男朋友买的。而下面，贴着她和小如男朋友的亲密照。全程埋单，小如从来没享受过这种待遇，就算是去趟便利店买可乐，也好像永远是她在埋单，何况这么大的开销呢？

这么好的女人，怎么会没有男人缘呢？

我把熟识的一位单身设计师介绍给小如，并告诉他，小如有多么善解人意，多么心灵手巧，多么贤惠天真……“你可得好好珍惜哦。”我不忘提醒设计师。

可是，一个月后，设计师告诉我说：“你介绍的那个朋友，好是好，只是我无福消受。”

原来，他们约会了三次。第一次，两人相谈甚欢，在外面喝咖啡又吃饭，喝咖啡时，小如手脚麻利地结了账。设计师说：“那我请你吃饭吧。”结果吃饭的时候，小如趁着去卫生间的工夫，又偷偷埋了单。

设计师说，总得给他一些面子吧，这让他一个大老爷们儿情何以堪。不过当时想想，这也不是什么坏毛病，只能说明这女人很大方，很豪爽，是好事儿。

第二次，设计师又约了她，并再三叮嘱她不能再埋单，小如答应了。可临出餐厅门的时候，小如的举动让所有的人都目瞪口呆。设计师的鞋带开了，小如让他站住，然后直接跪在地上，仔细地系好了设计师的鞋带。旁边的顾客都忍不住窃窃私语。

第三次，设计师觉得小如可能太紧张了，就打算带她去一个比较放松的地方——酒吧约会。但没想到那天晚饭时，设计师被宴请的客户在家灌醉了。他打电话给小如，很抱歉地说明了原因。可小如不知道从什么地方打听到他家的地址，到了他家之后，给他按摩、煲汤、洗衣服，还把设计师乱糟糟的家收拾得一尘不染。

“你知道吗？她把我的树根作品给扔了，我问她的时候，她惊讶地问我，是那一堆烂柴火吗？”

后来，设计师很久都没给小如打电话，小如呢？每天早上一条早安短信，每天晚上一条晚安短信，期间还无数次打电话问：“你是不是最近特别累，要不要我去给你按摩、洗衣服之类的？”

甚至，小如常常不请自来，买一大堆东西，说：“你卫生间没肥皂了，我给你买了两块；你厨房的盐，我买了五大袋……”更离谱的是，她把他卧室床头柜里的安全套全扔了，买了几盒新的放进去，说：“那些都过期了，我给你买了最新最好的。”

设计师说：“她真的太好了，比我妈妈照顾我还要仔细，我的压力太大了。我怕我有一天跟她分手了，别人都会骂我王八蛋、人渣什么的。”

后来，我又给小如介绍过好几个男的，但最后都不了了之。有一个朋友说：“你知道吗，我觉得小如就是个抹布女。她愿意把自己的姿态放得很低，什么都愿意为男人做，就像一块抹布一样。可哪个男人愿意对一块抹布好呢？用不着的时候，肯定都永远扔在角落里。”

眼看着小如已经过了40岁了。她说：“我决定永远也不结婚了。”

不是她决定不结婚，是没有人愿意跟她结婚。

张爱玲爱上胡兰成的时候，也是如此卑微。他有了外遇，她还赶着去看他，觉得那个城市有他，而散发出了异样的光彩；他和她分手了，她还巴巴地寄给他三十万分手费。她在文章中写道：“见了他，她变得很低很低，低到尘埃里，但她心里是欢喜的，从尘埃里开出花来。”

可是，谁会要这样的花呢？大部分的结局，都是零落成泥碾作尘罢了。

爱得卑微，一定会被伤得刻骨。

如水的女人才可爱

小梦 女 28岁 售货员

"祈求三样东西吧：一个好妻子、一个好胃口、一个好梦。"——犹太谚语

遇见你的时候，我觉得自己真的很幸运。你皮肤白皙，身材高挑，眼睛就像5月的星辰，我一瞬间就爱上了你。你的家庭条件也很好，父亲是大学教授，母亲是私营企业老总。我做梦都没想到，我会找到这样的一个女孩子。我真不明白，朋友介绍你的时候，为什么会说你是一个也许永远都嫁不出去的姑娘。说你每个对象跟你交往的时间，都不会超过3个月。我觉得，他一定是在胡说八道。

刚开始的时候，我约你出去吃饭、逛街、看电影，感觉很愉悦，你不太多说话，很安静，仿若水莲花不胜凉风的娇羞，让我感觉生活是那么美好。有妻如此，夫复何求？我想，你就是我要找的，与之共度一生的女子。我很想和你闪婚，于是默默地准备一切，想要在

我们认识一百天的时候，向你求婚。

可惜，我们走着走着，就走岔了。

你第一次发飙，是在我们一起去海边散步那天。夕阳西下，为大海披上了一层金色的衣裳。涛声阵阵，椰子树在海风中沙沙作响，好像在窃窃私语的情侣。你牵着我的手，时而眺望远方，时而像小孩子一样踩着脚下的海浪。我真希望那一刻就是永远，时间停滞，我们永远这样一起前行。

就在我沉浸在美好幻想中的时候，你忽然说："我想吃冰淇淋。"我说："那我们去买吧。"你说："不，我让你买来给我吃。"好吧，谁会拒绝一个美女的撒娇？我跑了差不多两公里，才找到一个有冰淇淋卖的小店。买了冰激凌，我害怕化了，就赶紧打了辆的士火速回来。当我把冰淇淋呈在你面前时，你却脸色大变，说："我要的是哈根达斯，我从来不吃这种地摊货。"

虽然这个冰淇淋只要3块5毛钱，但是却是我在近40度高温下，奔波了2公里才找到的啊。可你不依不饶，非要吃哈根达斯，而且，还要我买回来给你吃。

谁让我喜欢你呢！我想，也许你是心里不开心，或者大姨妈要来造访，所以才闹情绪。不讲理是女人的专利嘛。最终，我还是遂了你的愿，又打了的士，跑了半个城，买来了哈根达斯冰淇淋。

看你吃着冰淇淋，甜蜜地望着我的样子，我觉得值得了。

后来，你常常玩这种把戏，比如：半夜让我去买一根甘蔗；非要在商店快打烊的时候买衣服；大雨如注，要出去淋雨，体会浪漫的感觉；生日的时候要那种凌晨起来排队买的限量版包包；在我刚出差到外地的时候召唤我回来……不管我有多忙，也不管我晚上加班到几点甚至根本没睡觉。说真的，我有点累了。

但那时，我还没动过和你分手的念头。

可后来的一件事情，让我彻底无语了。

公司新接了一个项目，总经理把这个项目派给了我，并承诺，如果顺利做完，我就会被提升为副总。多少年了，我一直在部门经理的位置上，无法上升，这真的是一个难得的机会，我十分珍惜。那些日子，我几乎吃住都在公司，每天晚上都只睡两个小时，所有的属下都跟着我连轴转。

终于，15天里，我搞定了所有的事情，只等第2天，给客户汇报最后的结果。这一仗，我势在必得。

半夜12点的时候，你忽然打来电话，哭个不停。

我问你怎么了，你却不说，只一直哭。我非常着急，一再追问。你气息微弱地说："亲爱的，我病了，特别特别难受，我感觉快不行了，你能来送我去医院吗？"

这边，工作正在收尾，如果我离开，我不知道会发生什么。可是，另一边是你痛苦的呻吟。对于我来说，努力工作，只是为了将来我们的幸福生活。但如果你都没有了，那我的奋斗又有什么意义呢？

我把工作交代给属下，急忙赶到了你家里。一路上，我担心不已，害怕你得了急性阑尾炎，如果穿孔就麻烦了；害怕你得了腹膜炎，那可真是要命啊……总之，我一路上想象着你生命垂危的场景，不停地催促出租车司机，快点，快点，再快点。我怕我晚到了1秒钟，你就离我而去了。

当我心急火燎地敲开你家房门的时候，你却笑意盈盈地站在我面前，穿着红色的晚礼服，发髻盘得高高的。客厅里，无数美酒，无数礼服美女，都微醺了，对着我甜蜜地笑。你得意地回头，对她们说："瞧，我男朋友怎么样，是不是招之即来，挥之即去？我早说过，他永远也不嫌我麻烦，永远都会随叫随到。”

你的朋友们一片欢呼。

这时，你说：“我答应了她们，要你请她们去最昂贵的西餐厅吃宵夜。”

旋转餐厅里，你点了大龙虾、佛跳墙……反正什么贵点什么。我只想尽快结束这一切，回到办公室，因为，我所有的心血和努力，都在此一举。而你不依不饶，不允许我走，一定要让我陪你们HIGH到天亮。

你知道吗？那时候，你们在举杯畅饮，我却如坐针毡。

两点的时候，下属打来电话，说在COPY的过程中，文件出了问题。我给你说明情况，想急着赶回去。你却拽着我不肯松手，我怎么也拉不开你。在餐厅里，你又哭又闹，说我不在乎你，说我半夜三更急着出去找别的女人，说我不愿意陪你的姐妹，就是心里没有你。你哭得声嘶力竭，周围的人，都用异样的眼光看着我。

在酒店服务人员的帮助下，终于把你扶到了客房里安顿下来，我好不容易才得以脱身。

可是，你知道吗？就因为我几个小时的离开，我们半个月来付出的所有心血全部付之东流，第二天的发布会无法召开，公司失去了一大笔生意，而我，本来可以升职为副总，却被从部门经理降职为业务员。

那一天我无法平静。我想起了很小的时候，奶奶跟我说过的话。她说，一个好女人旺三代。真的，为什么有的男人娶了一点儿也不起眼的女人，却可以顺风顺水呢？那些女人，都有共同的特点，就是，她们一定知书达理、理解男人，分得清孰重孰轻，不会在不必要的事情上，给男人添任何麻烦，关键的时候，会助男人一臂之力。

至少，她们让男人能始终保持一份平静祥和的心境，这样，男人在前方厮杀拼搏，才会没有后顾之忧。试想，一个天天被老婆找麻烦的男人，能做多大的事业呢？

我终于相信了那位朋友对你的评价。因为，我也决定跟你分手，彻底分手。

犹太人说："祈求三样东西吧：一个好妻子、一个好胃口、一个好梦。"如果男人是船，女人就是风帆，好的风帆会让你一路顺风，到达彼岸，而坏的风帆，却会让人却步不前，甚至翻船。

一眨眼，10年过去了。后来，我娶了一个温顺懂事的妻子，她偶尔也会发发小脾气，但是在我做正事的时候，绝对不会来找麻烦。她也有许多缺点，但她却懂得掂量轻重，知道我什么时候需要扶一把，什么时候需要抚慰。我的家庭，平静而幸福。

而你呢，我再也没有见过，只是听朋友说，你已经发誓终身不嫁了，因为你觉得男人没有一个是真心爱你的，都是伪君子和大骗子。

好吧，我为男人们感到庆幸。

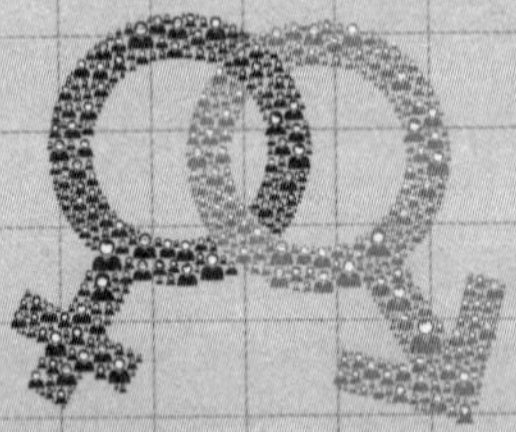

告白6：有些秘密，难以言说

有些秘密无法启齿

云崖　男　39岁　教授

这个世界足够大，却不能容下所有的怪癖。

我一辈子也不想结婚。不是我不想要婚姻，而是我有不可告人的秘密。

情窦初开的时候，我喜欢上一个叫梅清的女孩。她有着长长的黑辫子，圆圆的粉红的脸，秋水一样的眼眸。那时候，我们生活在浙江南部的一个小山村里，那里山清水秀，村子前面有一条清澈见底的小溪，溪边是杨梅林。我常常看梅清在溪边洗衣服。“垆边人似月，皓腕凝霜雪。”我觉得这句诗就是用来写梅清的。她如葱白一样的手腕在水中来回摆荡，黑色泛光的头发垂在胸前，偶尔回头对我一笑，我感觉她就是溪边那朵最美的梅花。

梅清很少大声说话，也很少大笑，特别腼腆，加上生得美丽，我觉得她清新得就像一朵洁白的云，纯净自然，不染一丝尘埃。

只是，梅清的后母不让她和我来往。因为我家是村子里最穷的。梅清的后母说，如果梅清跟了我，只剩下出去讨饭吃了。“贫贱夫妻百事哀”，这是梅清后母挂在嘴上的一句话，还有一句是“癞蛤蟆想吃天鹅肉”。

但是，梅清却喜欢我。她总是悄悄把家里的好吃的带给我，默默地放进我的书包里。到了夏天，我的脚上还穿着厚厚的冬天的鞋子。梅清每天都到山上去挖草药，挖了好几个月，卖给城里的药铺，然后给我买了一双凉鞋。

那时候我已经开始学画画了，我画了许多梅清的素描，每一张，都很清新，很纯净，像天使一样。在我心里，她就是我今生今世要长相厮守的人，她就是我的媳妇儿。

不久，我初中毕业，考上了一所中专，离开了家乡，梅清却落榜了，她没有继续上高中，而是回到了家里。离别前的晚上，我们在小溪边见面，我对梅清说：“你等着我，我一定会回来娶你的。”

我到了学校，一个多月后，收到了一封来自广东的信。梅清说：“我打工供你上学，你要好好上学哦。我们的将来可指望着你呢。”

从此，我每个月都会收到一张汇款单。而我，每个星期都会给梅清写一封情意绵绵的情书，里面，一定会有一张她的素描，美不胜收。我丝毫不怀疑，虽然我身边美女如云，但只有梅清是我的维纳斯。我想，我爱她，永远都不会改变。

几年后，我毕业了，被分到一个税务部门工作，待遇稳定，工作也很清闲。我打电话给梅清，让她回到我身边。

梅清从广东回到了杭州，她依然那么清新美丽，就像一朵亭亭玉立的百合。单位所有的人看到她，都羡慕我有福气。那时候，单位分给我一间独立宿舍。晚上，我买了红酒、红烛、美食，喝了酒的梅清，浑身上下散发着熟透的蜜桃的味道。那一夜，我们彼此把第一次交给了对方。

第二天早上，我醒来的时候，梅清正一动不动地托着腮望着我，脉脉含情。她还是像以前那么美丽，柳叶眉、桃花眼、圆圆的脸，可不知道为什么，我却没有以前在看到她时的那种激动得心怦怦直跳的感觉。梅清抱住了我，可我却忽然想呕吐。

我被自己的想法吓坏了，但又不敢直说，只好对梅清说："亲爱的，我好像感冒了，好难受。"梅清紧张万分，赶紧放开了我，给我盖好被子，我终于舒了一口气。第二天、第三天，不知道为什么，我就是不想碰梅清，而且看见她，尤其是她想和我亲近的时候，我就感觉到一阵恶心。我让梅清睡在床上，我自己睡到了沙发上。

一个月后，梅清终于顾不得羞涩，问我，为什么？

说真的，我也不知道原因，只好保持沉默。

"我知道，你是因为我没有工作，以后只能当个家庭妇女，让你面子上挂不住对吧？你们这个单位里的人的媳妇儿，不是研究生，就是本科生。你觉得我丢你的人了，拖你的后腿了，对吗？"

我无言以对，惭愧万分，却抑制不住心里对她莫名其妙的厌恶。梅清哭了整整一个晚上，骂我是流氓，骂我忘恩负义，骂我占有了她的身体却不负责任……我也恨我自己，但我却真的做不到像以前那样喜欢她了。

梅清伤心地走了。在单位，我成了众矢之的，领导说我作风不严谨，同事说我是陈世美，在工作上、生活中，没人给我好脸色，我只好复习考试，考上了北方的一家美院，远走他乡。

在美院里，我又喜欢上了一个女同学，她剪着可爱的童花头，眼神清澈纯真，像婴儿一样，她也喜欢上了我。一次，我们一起去郊外写生，晚上太晚了，索性就住在了山里的农家乐。半夜，她爬到了我的床上，与我一夜温存。

第二天，当我看见她温顺地依偎在我胸前，满脸幸福的时候，忽然，我感觉自己不对劲了。因为和梅清的初夜后第二天清晨的那种情绪又出现了。女同学很受伤，但我无法勉强自己。我也不知道，为什么自己突然那么强烈地厌恶她，不管她有多可爱，为我付出多少，都一样。后来，她狠狠地扇了我一个耳光，再也没有理过我。

我以为，这一切是因为我没有投入地去爱，没有真正地迷恋一个人。我试着去找别的女孩子，可无论是什么样的女人，无论她有多么漂亮、多么优秀、多么风情万种，也不管我多么不惜一切地想一亲芳泽，一旦跟对方有了性关系，我立刻就不会再喜欢她，甚至觉得有点恶心。

后来有一次，我见到了梅清。她和我分手之后，又去了广州，遇到一个香港人嫁了，也获得了香港居留权，老公还送她到澳洲念了书。她说着一口流利的英语，气质高雅，一看，就是那种生活条件非常优越又有文化有身份的女人。她看到我时，眼神里流露出了复仇过后的快感，仿佛在说，看，你不要我了，我反而是因祸得福呢。说真的，没有一个男人会不喜欢这样一个女人，可我却不知道为什么，心里没有一点点涟漪。

所有人都说我太风流，说我是玩弄女性情感的流氓。但我真的不是这样，至少我在和别人没有发生关系之前是真心地喜欢她，想保持长期的关系，甚至想娶对方回家，厮守一生的。可为什么发生关系以后，所有的感觉就都没有了？我去了许多地方，拜访名医，可没有人能治好这种病。从此，我不打算跟任何女人发生关系，更不打算跟任何女人结婚。那样的话，至少不会祸害别人的幸福了吧。

鸟儿飞过，会留下永恒的痕迹

吕值 男 39岁 贴膜师

有些经历是营养品，有些经历却是老鼠屎，毁掉了人生这锅好汤。

手机城门口，有许多小摊位，有的出售二手机，有的出售手机壳，还有的专为电子产品贴膜。吕值就蜷缩在这些人中间。他又高又瘦，坐在小板凳上，就像一只大个的虾。他不像其他人那样热情地招揽客人，大部分时候都是默默地坐着，到了吃饭时间他就会在旁边的摊位上买个煎饼果子之类的充充饥。他常年都穿着一件风衣，几乎都看不出颜色了。有女人的男人，根本不会是这样。

吕值已经39岁了，依然孑然一身。他长得也不丑，虽然贴膜赚不到大钱，但收入也相当于一个白领，并不算太少。可就是没有姑娘愿意跟他，甚至连离婚有孩子比他大好几岁的妇女都不愿意嫁给他。

一切都源于那个暑假发生的那件事。吕值刚刚读完高一，他和同班同学结伴去工地打工，想赚第二年的学费。工地上，两人天天推水泥车，非常辛苦，晚上，在简易工棚里洗完澡，躺在简陋宿舍的大通铺上，那些大人们就开始讲各种荤段子，和各种男女情事。一天晚上要睡觉的时候，一个工友神秘兮兮地进来，说："我搞到一个好东西！"说着就掏出一张光碟。当那些令人血脉贲张的画面出现的时候，吕值感觉到世界在他眼里颠覆了……

工友们看完录像，就嚷嚷着要出去喝酒。吕值和同学以及另一个大人都没钱喝酒，只好去江边散步。也许，散步能缓解这一切呢。

此时已经11点多了，江边没有人，长长的堤岸上，有着茂密的小树林，凉风习习，但也不能消除掉三个人身上的燥热。

这时，一个年轻的女子摇摇晃晃地走了过来，感觉好像是喝了很多酒。女子醉倒在路边的草地上，春光乍泄……

刚才录像里的一幕幕还在三个人的脑海里盘旋，身体的膨胀还没有消除下去，于是心照不宣地，三个男人把醉酒的女人抬进了小树林……

可他们还没做什么，就被几道手电筒的光照在了脸上。

不用说，这是一桩轮奸案。而且，团伙作案，这个性质是非常恶劣的，不管他们怎么辩解自己并没有实质性行为。

就这样，吕值在监狱里度过了漫长的15年。当他从监狱里出来后，父母都已经去世，给他留下的，是无尽的悔恨。

他住在父母留下的小房子里，居委会给他安排了很多工作，可是人家一听说他是劳改释放犯，就不再聘用他。虽然，他工作得很努力，很拼命。一次一次的失业和被羞辱之后，他毅然离开了那些单位，跑到街上，跟一个贴手机膜的师傅学了几个月，最后也摆了一个小摊，所幸还能赚不少钱，他的生活终于安定了。

此时，他已经30多岁了，居委会的大妈们热情地给他介绍女朋友。每个女人见到他的时候，并不排斥，但很快知道他的那段历史后，就马上对他避之不及。有一次，有个女孩说：“妈呀，强奸犯，还是轮奸犯。说真的，你要是个杀人犯，我还觉得你有点男人的血性呢，你强奸妇女，真是太没出息了，太让人瞧不起了。”最后的结果是，那女孩气急败坏地吐了他一脸，走了。

吕值很想说自己是个处男，可是，谁会相信呢？谁都会觉得这是个笑话。

吕值想，找不到大姑娘、小媳妇，总能找个年纪大一点的吧？于是，他把目光瞄准那些40多岁，带着孩子的离异或者丧偶妇女。他想，她们应该不容易找对象，估计要求也不会太高。自己虽然有着不光彩的过去，但人长得还算可以，有房子，还有不错的收入，年纪大的女人应该会满意的。有一次，他找了一个寡妇，带着一个小女孩。寡妇对他的一切都挺满意的，可一听说他的历史，立刻就把自己的孩子紧紧抱住，说：“不行，我宁肯一个人过，也不能把孩子置身于危险之中。你离我们远一些！”

吕值看着那个寡妇像折扇一样的鱼尾纹，还有对在一起的眼珠子，心里不禁叹息不已：连这样的女人都嫌弃他，看样子，他只有出去找个非人类的雌性了。

从此，吕值就永远死了结婚这条心。对他来说，为了结婚随便娶一个女人，那么这个女人就会像一根屈辱柱一样，时刻立在面前，时刻提醒自己：因为你的人生有污点，所以必须和这样的女人一起生活。与其如此，还不如一个人，潇潇洒洒，不看谁的脸色，也不受谁的谩骂。

还有一个深深的秘密，吕值从来没跟任何人说过。在那个夜晚，联防队员抓住他的时候，因为他拼命想挣脱，被一个联防队员狠狠地踢了一脚，刚好在那个部位。从此以后，他就永远失去了做男人的权利。

一个背着轮奸罪名的男人，却根本不能做男人，这件事传出去，比没有老婆，更要让人耻笑。

一道永不愈合的伤痕

浅兮 女 已故 研究员

“秘密是你的囚徒，一旦把它泄露出去，你便成了它的囚徒。”——英国谚语

浅兮长得白白净净，小巧玲珑的，就像个瓷娃娃，眼睛闪闪发亮，好似戴着美瞳一般。谁看见她，都夸她长得漂亮，就算她已经年近四十，在人群中依然显得鹤立鸡群。那种纯净美好的气质，能在一瞬间就打动所有见到她的人。

浅兮在航天部下属的一个研究所上班，清闲的工作、良好的待遇，让她的生活过得从容轻松。但她一直没有结婚，无论是别人追求她，还是给她介绍对象，她都笑而不语，但从来也不接受。

谁也说不出浅兮的坏话。说她是狐狸精、变态，被男人伤害过？都不像。她那么恬静、美好，跟周围的人关系都很好，男人喜欢她，女人也喜欢她。她没有任何问题。在工作上，她也能做得相

当完美。

有时有好朋友问得急了，浅兮就说："你觉得我的生活里需要男人吗？"

是啊，单位分的房子150多平米，每月的工资是城市平均工资的三倍，在物质上，浅兮确实不需要依靠任何人。

每个人都对浅兮的感情生活充满了好奇。但每个人，都没有在她的生活中发现任何男人的蛛丝马迹。

她的生活，每天就是在家或办公室，两点一线，非常简单。研究所的人都住在一起，对她的作息了如指掌。她没有外出时间，也没有任何男人来找过她。

直到浅兮忽然在一次车祸中离世，人们在收拾她遗物的时候，发现了一个日记本，才无意间发现了她的秘密。

那一年，浅兮只有10岁，她和父母生活在一栋筒子楼里。筒子楼里住着很多人，有的是刚刚分配到单位的年轻人，有的是刚刚结婚的新人，还有的是带着宝宝的夫妻。过道里摆满了煤球、锅灶，还有碗柜什么的，特别有生活气息。每当下班的时候，大人们在楼道里做饭，小孩子们在楼道里嬉戏，从东家跑到西家，吃一块张家的红烧肉，再去吃一块李家的清蒸带鱼。

浅兮那会儿已经出落得非常水灵了。筒子楼里的每个叔叔阿姨见到她，都会羡慕地说："你看人家浅兮爸妈咋生的孩子，怎么就这么漂亮标致呢？跟仙女儿似的。"

浅兮并没有觉得自己漂亮有多了不起，对她来说，跟小伙伴们到处疯玩，吃百家饭，就是最开心的事情。

那时，浅兮家对门住着一个男单身。他已经30好几了，老婆孩子都在老家，他一个人生活。浅兮的父母做了好吃的，就会叫他过来一起吃，或者让浅兮端一点过去给他。浅兮叫他韩叔叔。韩叔叔戴着眼镜，人很清瘦，屋子里到处都是书。浅兮一去，韩叔叔就会找一本好看的书给她，有时还给她讲故事、讲笑话，因此浅兮特别喜欢往韩叔叔的小屋里钻，经常到了晚上睡觉的时候，也不想回来。

一放暑假，孩子们都玩儿野了，跑到社区的篮球场和俱乐部去疯了。浅兮不喜欢玩儿这些，她天天借韩叔叔的书看，每天晚上再把当天的书还回去。

一天下午，浅兮正在入神地看《呼啸山庄》，忽然听到对面传来了开门声。她跑出去，看见韩叔叔回来了，满脸苍白。浅兮连忙跟了进去，原来是韩叔叔病了，请假回来休息。浅兮让韩叔叔躺在床上，自己又是倒水，又是拧毛巾，照顾着韩叔叔。韩叔叔非常感激，过了一会儿就睡着了。浅兮担心他有什么事情，就坐在床边看书，想着可以照顾他。不知道过了多久，浅兮也进入了梦乡。

当一阵刺痛袭来的时候，浅兮发现自己不知道什么时候躺在了韩叔叔的床上，韩叔叔的手上和床单上一片鲜红……

浅兮疼得说不出话来，只顾着哭。

韩叔叔在地上跪了下来，说："浅兮，叔叔该死！但你千万别告诉别人啊，如果单位的人知道了这些事情，就会把叔叔抓起来，枪毙叔叔的。"

浅兮不知道自己是怎么回的家，她一到家就晕了过去。

浅兮再也没有见过韩叔叔，因为暑假还没过完，父母就带着她去了另一个城市，她来到一个陌生的环境里，渐渐地忘记了曾经的一些人和事。但她至死也不会忘记，韩叔叔，还有那个在韩叔叔的床上躺过的下午。逐渐长大之后，浅兮知道在自己身上发生了什么可怕的事情，父母虽然只字不提，但浅兮也知道，他们的心里，有着深深的自责和悔恨。他们抛下一切离开那个环境，就是想让她重新开始。

浅兮知道父母的良苦用心，她努力学习，保持着全班前3名的成绩，而且性格开朗，所有和她相处的人都喜欢她。她顺利地大学毕业，参加工作，父母感到非常欣慰。有时他们会偷偷说，也许浅兮那会儿还小，所以早忘记了那件事吧。

她唯一没有顺从父母的事情，就是婚姻。浅兮用学习逃避这一切，她读完硕士读博士，读完博士又读博士后。每次，她都笑嘻嘻地对父母说："我也想谈恋爱结婚啊，可是，你们看，我哪里有时间，我要写论文。"

她忘不了那个下午，韩叔叔恐怖的充血的双眼，她忘不了，他的手指进入她身体的时候，那彻骨铭心的痛。

她也无法爱上哪个男人。无论那个男人有多好，只要靠近她，她就会回想起那个下午，那些危险的要命的气息，那噩梦般的经历。

长大之后，她看了许多书，知道了这种疼痛只是暂时的，知道了男女之间还有美好的鱼水之欢，可她却无法克服那种长久以来被禁锢的心理，永远也没办法消除那种恐惧。

她还看到很多男人在网络上、生活中寻找处女，了解到男人对女人的第一次近乎膜拜，她更加恐惧。一个失去了处子之身的女人，能得到多少真正的爱呢？她近乎偏执地想这些问题，当过于纠结的时候，她就决定放弃婚姻。如果婚姻只会带来更多的痛苦，那还要它干什么呢？

现在，浅兮永远地离开了世界，带着她的秘密。她永远也不会再疼了。

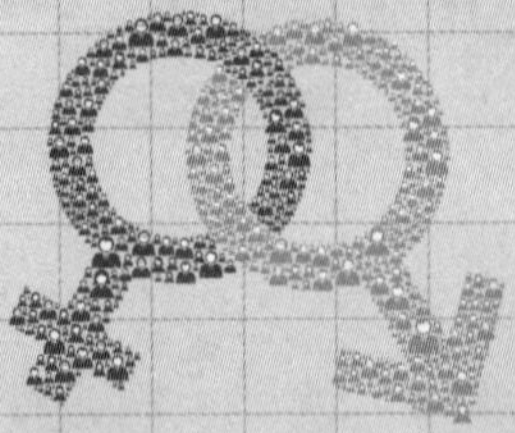

告白7：我知，婚姻它永不会来

有人在欢愉，有人在哭泣

尤语　男　36岁　殡仪馆化妆师

生命只是沧海之一粟，然而却承载了太多的情非得已。

青春时，我狂热地喜欢诗歌。那时候，我能把海子、舒婷、北岛、顾城的诗倒背如流，也曾站在学校的楼顶上，把艾略特的《荒原》全部高声背诵一遍。我组织了一个叫“夜荷”的诗社，将整个县城的诗歌爱好者都聚集了起来，还油印了一本诗刊，每两个月出一期。那时候，我一出门，就会有女生在我后面尖叫：“尤社长！”

轰轰烈烈的结果，便是高考试卷上的红叉遍地。我只勉强过了分数线，被分到地级市的一个中专学校的殡仪专业，之后，顺理成章地成了一名殡仪馆的化妆师。第一次给尸体化妆，我被那个出车祸而死的家伙的惨状吓得半死，直接怪叫着从化妆间里逃了出去，狂奔两里地，最后发现自己竟然尿了裤子。一年后，我已经能从容面对各种死相，在我的妙手之下，每一个逝者的面容都变得安详、端庄，就像离开世界是一件让人幸福的事儿一样。殡仪馆的福利待遇很好，七七八八加起来，我的月薪已经超过一万了。看看和我一起毕业的好多人还在四处打拼找工作，连饭也吃不饱，我就更加感觉到自己工作的好了。再加上单位常常组织心理专家给我们开讲座，渐渐地，我也认为我的工作是“用自己的爱为死者送行”了。

毕业没几年，我父母急着抱孙子，就四处给我张罗相亲。其实我长得还不赖，有点儿像演员杜淳，个头儿超过一米八，被称为帅哥绝对当之无愧。第一次和我相亲的，是一个小学老师，长得挺小巧玲珑的，包括眼睛。我悄悄跟我妈说：“你咋没给我带个放大镜啊？”我妈说：“你相亲要放大镜干啥？”我说：“找那妹子的眼睛啊！”

那妹子倒是不矜持，假称会看手相，把我的手摸来摸去，说我一看就是搞艺术的。我心里一直盘算着之后怎么跟媒人拒绝这个妹子还不伤害别人，那妹子问我：“你是做什么工作的？”我如实相告，并进行了详细解释，结果，妹子跟看见我是个死人一样地尖叫起来，立刻狂奔而去，好像跟她相亲的是个妖怪一样。以后无数次相亲，人家看见我本人都恨不得一见钟情，但听到我的职业后就立刻毫不犹豫地扬长而去。

后来，我认识了茵茵。我在超市买东西的时候，看到她的钱包丢了，没钱付款，于是做了一次活雷锋。没想到茵茵对我一见钟情，我们的感情像炙热的火一样熊熊燃烧，根本没法停下来。我只告诉茵茵，我是一个市级国家单位的工作人员。我和茵茵火速发展，一个星期后，在幽暗的电影院里，我和茵茵的手牵得越来越紧，我忍不住拥抱她，忍不住想吻她。在吻她之前，我又忍不住向她坦白了我的职业。谁料茵茵一下子尖叫起来，说：“你摸完死人又来摸我，也太恶心了吧？我要是跟你在一起，还不膈应死！我想想你摸过死人的手摸我的脸，摸我的……我就一点儿心情都没了。”

一场美好的爱情，就这样输给了我的工作。

很快我就年近30，三代单传的家里都急得不行了。老妈说，不行咱找个条件差点的女孩凑合凑合也行，反正只要能生孩子就行。被逼得不行了，我也狠狠心，想，就当完成父母的心愿，完成传宗接代的任务就可以了。于是，家里人回老家给我领了个媳妇，是个小儿麻痹症患者，走路不利索，模样倒还清秀。小姑娘在家手脚特别麻利，人也很聪明伶俐，就是只要一跟我待在一个房间里，立刻就是一副惊恐万分的样子。我说："你这么紧张干什么，咱们没结婚，我不会碰你的。"她说："不是，俺是怕你身上有那些不干净的东西跟着，俺阴气重，容易招惹这些。"

我晕，我娶一媳妇儿，天天这么害怕我那还得了？别害得她到时不是操劳而逝，而是惊恐而死，得得得，我还是把人家给放了吧，不管过个什么日子，安全总是第一位的。

就这样，我最后一个娶媳妇的梦想也被打破了。

我也曾尝试过换工作。可是，到哪里找一个又轻松，每年的工资、奖金和各种福利、补助加起来近20万的工作，又不怕下岗呢？我曾经停薪留职了一段时间，去外面找了一个办公室的工作，一个月就3千块钱不说，人际关系还特别复杂，我这个整天跟逝者打交道的人，根本无法忍受。以前，我工作的时候根本不会有人说话，现在忽然猛不丁有人在背后叫我一声，我立刻吓出一声冷汗，还以为诈尸了呢。更可怕的是，同事们也不知道从哪里知道我以前的工作，他们很少跟我打交道，平时不跟我在一起吃饭，我用过饮水机后，他们都拿块纸巾垫着才接水，更不会跟我握手之类的。有一次，办公室有人结婚，我封了一个红包给他，他笑着说谢谢，却没有伸手接，我以为人家不好意思要，就硬塞到了他手里。结果那个同事很生气地大声说：“你是成心咒我是不是？”到后来，除了同事家的葬礼，所有的事儿我都不能参与，否则就是给人家讨不吉利。思来想去，我还是回到了殡仪馆。而且，我想好了，既然我遇到了这样的问题，那我的女同事肯定也遇到了同样的问题。不如，我就在她们中间找一个好了。

抱着这样的心理，我留意起周围的女同事。这里女孩不多，年轻没结婚的女孩更少。挑来选去，我觉得燕儿还不错。她是农村出来的孩子，朴实、勤快，虽然其他方面条件一般，但当我媳妇足够了。再说了，我还有资格挑吗？

我鼓足勇气向燕儿表白，没想到燕儿哈哈大笑，问我说：“你是不是也觉得，我们同样从事着遭人嫌弃的工作，互相谈恋爱就不会有人嫌弃？”

我惊讶地问：“你怎么知道？”

燕儿说：“因为已经有好几个同事向我表白过了。”

我顿时感觉HOLD不住了。“那你的态度呢？”我问燕儿。燕儿说：“尤语，平心而论，你是我们单位长得最帅的，也是最有才华的。如果我们干的都是正常工作，我恨不得马上和你谈恋爱。但是，以我们现在的情况，根本不可能。你想，我们俩白天都在摆弄死人，到了晚上又互相摆弄。我会觉得晦气，觉得我们自己也是死人。我一定要找一个不嫌弃我工作的和活人打交道的男人，这样，我才能感觉自己活着。哪怕他是个要饭的。”

自此之后，我就彻底打消了找人结婚的念头。我想，我永远也找不到一个不嫌弃死人的女孩。除非，她也是个死人。

幸福与体型有什么关系

柴胖子　男　31岁　彩票店店主

我们梦想着很多美好的事物，但却没有能力拥有。

城中村的夜晚灯光灿烂，一直喧闹到午夜时分，才会安静下来。而那家彩票店的门，也会悄然关上。每当有人从门口经过的时候，总会听到里面震天的呼噜声，几乎可以用响彻云霄来形容。

如果是白天，人们可以看见一个几乎是圆形的人，高高地坐在彩票机前面，不停地收钱、出彩票。他的五官几乎已经被肉淹没了，他在看你一眼的时候，都要艰难地扬起下巴，让眼珠从厚厚的眼皮中挤出来，寻找目标，让你恨不得走过去，帮他把眼皮翻开。他坐在那里的时候，人们完全看不到骨骼的形状，只看见圆滚滚的一个肉球。

买彩票的人们总是叫他：柴胖子。他呵呵地笑着答应着，转过头的时候，脸上的肉来回甩着，让你忍不住躲闪，以防备它们飞到你的身上，把你掀个仰面朝天。

柴胖子是这个城中村的土著。谁也看不出他的年龄多大，事实上，他才30出头，是个标准的80后。在村子中间，他有一栋七层的小楼，租给了一家幼儿园，每年的租金好几十万。他开着一个彩票吧，每月也有不少进账。可以说，他的物质生活是非常富裕的。

只是，他总是形单影只，没有女朋友，更没有老婆。

有时候，租住在城中村的女屌丝们会互相开玩笑："你嫁给柴胖子算了，这辈子也不用奋斗了，多滋润。"

被开玩笑的一方就会说："你骂谁呢？你要是祝我一辈子跟一堆肥肉睡觉，我就祝你一辈子只能吃猪食。"

还有些腐女轻声说："嫁给他，跟和一个女的结婚有什么区别？睡到半夜一摸，摸到一个比自己还要大几倍的胸，那是什么感觉？再说了，人家都说特别胖的男的，都没有性能力。守着个胖子，跟守活寡可没啥区别。"

这些八卦女们跑去跟村子里的老人聊天，问到了很多关于柴胖子的事情。他小的时候，其实很正常，一点儿也不胖。有一年他生病，需要用激素，那个天杀的主治大夫，开处方的时候多写了一个零。病好了，柴胖子也像皮球一样被充了起来。刚开始他父母并不知道原因，还以为自己把孩子养胖了，后来眼看他长成了一个皮球，才慌了。父母满世界带着他去看病，但无论使用什么方法，他都已经瘦不下来了。

初中毕业后，柴胖子就再也不想去上学了。因为他行动不便，而且连厕所的小门都挤不进去，受尽了嘲笑。他想找个工作，可无论什么单位，看到他的外形就会马上客气地说，对不起，已经招满了。那段时间，柴胖子相当郁闷。疼爱他的父母一看，干脆给他开了一家彩票销售点，让他当个自由自在的小老板。

歌德说，哪个男子不钟情，哪个少女不怀春？柴胖子也有春天。他喜欢上了旁边米线店的女店员。姑娘是甘肃农村来的，虽然脸上有“红二团”，但也算青春逼人、小巧玲珑。柴胖子不吃他妈做的各种营养大餐，一日三餐都吃米线，然后找借口跟姑娘聊天。姑娘本着顾客是上帝的态度跟他聊几句，他就心花怒放，得寸进尺，给姑娘买了一束玫瑰花。姑娘惊讶地问：“你干吗要送我花？”柴胖子扭扭捏捏：“我想请你看电影。”姑娘眼睛睁得更大了：“电影院的座位你坐得下去？”

胖子种种暗示，可惜小姑娘都不接招。柴胖子急了，直接对姑娘说：“我喜欢你，你喜欢我吗？”

姑娘直接来了一句：“我为什么要喜欢你妈？”

这姑娘太捣蛋了。

胖子说：“你能做我女朋友吗？你要是嫁给我，就不用做服务员，可以直接做女老板了。我们可以开一家更大的米线店，你再也不会缺钱花。”

姑娘说：“说真的，我也想有钱花。但我怕你一不小心摔一跤，把我压死。人要是死了，还要钱做什么？”

胖子死缠烂打，每天去米线店送姑娘东西。姑娘直接辞职走人了，还留下一句话，饿死总比被压死好。

柴胖子的初恋就这样夭折了。柴胖子受到了严重的打击，他决定减肥，不惜一切代价瘦成正常人。可是，无论他怎么节食，饿得头昏眼花看见桌子都想啃一口，也没有掉一两肉。节食不行改运动吧，可他从彩票店走到村口，就已经气喘吁吁了。最后，他坚决让父母带着自己去医院，因为听说把胃切掉一半，饭量自然减少，长此以往就瘦了。

可是，做了许多检查，大夫们会诊之后，宣布了一个让他无比沮丧的事情，那就是：无论用什么方法，他都瘦不下来，更别说达到正常人的体重。命中注定，他永远是个胖子。

柴胖子彻底绝望了。他每天坐在彩票店里，痴痴呆呆地望着外面，好像得了相思病一样。

但也有例外。租住在城中村的一个女孩看上了他，直接到彩票店找到他，说："胖子，我给你当媳妇好不好？"

虽然这姑娘脸蛋不好看，上面还缀满了雀斑，身材也是水桶家的亲戚，但好歹也是新新鲜鲜的大姑娘啊。再说了，柴胖子都那样了，还能挑剔别人吗？只要有姑娘愿意嫁给他，那他简直就要把人家当七仙女给供着了。除了愿意，柴胖子还能说什么呢？

欣喜若狂的柴胖子把这个喜讯告诉了家里人，父母也喜上眉梢，全家人张罗着赶紧给柴胖子把婚事办了，免得夜长梦多。就在一家人欢欢喜喜准备喜事儿的时候，一天中午，跟着柴胖子父母一起去酒店订酒席的姑娘忽然狂吐不已。柴胖子的父母自此知道了一个如晴天霹雳般的事实，那就是，这姑娘主动要求嫁给柴胖子，绝不是对胖子情有独钟。这姑娘是人家的小三儿，有了孩子又不能结婚，姑娘想生下这个孩子，于是就想到嫁给柴胖子，生完孩子，给孩子一个户口名分，再跟他离婚。

经过这么一折腾，柴胖子彻底心灰意冷了。他明白了一件事情：没有姑娘会爱上他。除非他能接受一顶绿帽子，或者一个抱着其他五花八门目的来的女人，才能娶上媳妇。可是，要一个和自己貌合神离，甚至对自己厌恶不已的媳妇干什么呢？那还不如自己逍遥自在地过一辈子。

柴胖子向家人宣布，今生永远独身，永不结婚。

反正柴胖子还有哥哥弟弟，家里的香火是断不了。父母也觉得与其要一个居心叵测的媳妇，还不如不要，于是也就默许了。

柴胖子就这样一直一个人过着，不管世界怎么改变，不管身边来来去去多少女孩，他都遗世独立，永远把一个孤独的、胖胖的身影留给城中村。

什么样的一生，不是一生呢？

婚姻，只是一个遥不可及的梦

郝一楠 男 33岁 农民

"当困难来访时，有些人跟着一飞冲天，也有些人因之倒地不起。"——列夫·托尔斯泰

郝一楠太普通了，用一句诗意的话来说，他在人群中，就像一滴水融入了大海中，无声无息、默默无闻，永远也不会有谁注意到他。

他在河南三门峡的一个村子里长到快30岁，没有谁过多地注意过他。只知道他是郝家三个儿子中的一个，个头儿不高，说话很少，人们甚至都不知道他的名字叫什么，只叫他郝家小三。

和所有的农村孩子一样，初中一毕业，郝一楠就再也没摸过一天书。他先跟着父母面朝黄土背朝天地干了几年农活，攒了一些钱后，便跟着本家哥哥，走街串巷赶集会，摆着一个流动的两元店，赚的钱不多，但也足够家里的开销了。就凭着这些钱，他给两个哥哥都娶了嫂子。本来说好的，等嫂子们过门后，两个哥哥和他一起努力攒

钱，给他娶媳妇儿。可没想到，两个哥哥成家后，谁也没有遵守诺言，他们不仅不拿一分钱给郝一楠，反而在郝一楠父母过世之后，和他争家里的老房子和几头牛。最后，郝一楠比可怜的牛郎还要悲惨，因为牛郎最后还分了一头牛，而他啥也没有，只好在村口自己垒了一间土坯房，孤孤单单地生活。

屋漏偏逢连夜雨。农村一夜之间就冒出了许多超市，郝一楠的两元店也不太赚钱了。生活一下子陷入了困境。

这时候，他已经年近30，在他们村子里，和他一样大的人，孩子都上小学了。而他却依然形单影只。谁家会把姑娘嫁给一个年龄这么大，口袋比脸还干净的人呢？

郝一楠也很渴望婚姻，每当他看到别的男人抱着孩子，跟孩子嬉戏，就会觉得特别羡慕。可是，谁会跟他呢？

不过，野百合也有春天的哦。

一天，村子里一个大妈找到了郝一楠，跟他提一门亲事。这是个有点缺陷的姑娘，左手发育不良，但长相身材还过得去，智力也没有任何问题。郝一楠见了姑娘，看到她文文静静，说话干脆利落，顿生好感。俗话说贫不择妻，何况这姑娘除了左手的残缺，其他方面真没什么可挑剔的。再说了，维纳斯还断臂呢，就因为这点缺陷，她却更美了。

姑娘的父母对郝一楠很满意。他以前的故事，十里八乡也有耳闻。虽然哥哥们那样对待他，但他也没有埋怨，更没有和哥哥们争抢家产，这说明他是个通情达理又豁达开朗的男子汉。二老说他们不要彩礼，还会给许多嫁妆，只要郝一楠对姑娘好。他们只有一个条件，就是要郝一楠重新盖三间房子，因为他现在住的那间破土坯房实在是看不过眼。

郝一楠一百个愿意。他对姑娘说："你等着我，一年之后，我就回来盖新房，娶你过门。"依依不舍地离开姑娘，郝一楠跑到了省城，很快就在劳务市场找到了一个活儿——做泥水匠，在建筑工地上砌墙，每天可以赚到三百块钱。

在建筑工地上，郝一楠是最勤快的人，只要能赚到钱，他可以一直加班。最多的时候，他一天赚了五百块钱。每天晚上，郝一楠想想照此下去，自己很快就能盖起大瓦房，娶到姑娘做老婆，也会有一个白白胖胖的儿子，美好生活就在前面招手，他心里就乐开了花。

年底，快到结算工钱的时候了。忽然一夜之间，建筑商跑了。这简直是晴天霹雳，郝一楠蒙了。

工友们义愤填膺，大家出去游行，到处寻找建筑商，给市长写信，所有的方法都使过了，政府也承诺一定会追究到底，可现实的问题是，他们没有拿到一分钱，年怎么过？

尤其是郝一楠。他想起了《卖火柴的小女孩》，当她燃亮火柴的时候，面前出现了烤鸭、面包、温暖的壁炉，可当火柴熄灭的时候，一切都没有了。郝一楠的大房子、媳妇儿、白胖儿子，一夜之间，都被建筑商弄没了。

郝一楠心灰意冷，但又无计可施。

夜晚，他无助地徘徊在城市的街头，泪流满面。可能是天无绝人之路吧，郝一楠看见了电线杆上的小广告，上面写着："发财机会，一夜之间保你赚够30万。"

郝一楠就像抓住了一根救命稻草，他迫不及待地拨通了那个电话，他生怕拨得晚了，别人会把这个发财机会抢走。他想，如果这事是真的，他就可以回家盖房子娶老婆，从此过上幸福的生活了。

他拨通了电话，联系上了对方，按照对方的指示来到一个医院，进行了全套体检。两天之后，那边给他打电话了，说："你一切合格，我们见面吧。"

在郊外的一个农家小院子里，郝一楠见到了一个穿着白大褂的医生。他用大口罩蒙着脸，郝一楠根本看不清他长什么样子。"医生"对郝一楠说，他们所说的机会，就是卖肾。

郝一楠吓得要落荒而逃，"医生"告诉他，只摘掉一颗肾，是不会影响健康的，还拿出许多书籍、杂志和报纸让他看。郝一楠确实看到了上面的那些文章，都说一颗肾脏绝对够用。"医生"说："不要犹豫了，做完手术，马上就把钱给你。"

没有不健康的后顾之忧，郝一楠想想那么多的钞票，心一横，就豁出去了。和幸福生活比起来，一颗肾又算什么呢？

当郝一楠从昏迷中醒来，他带着一些致富的欣喜，带着一份感到幸福生活即将降临的快乐，睁开了眼睛。他看到自己躺在小院子的土炕上，手臂上插着吊针，枕头旁边，放着3沓现金——3万元。

郝一楠挣扎着走出院子，发现周围没有任何人。他用手机拨打那个电话，得到的却是一个冷漠女声机械的回答："您所拨打的用户已关机。"

他再也没有拨通过那个电话。

郝一楠来到了派出所报案，民警立了案，但是也告诉他，不知道什么时候能破案，他们会努力，但这些人，大部分都是流窜作案，要想抓住非常困难，让他耐心地回家等待。

拿着3万块钱，郝一楠回到了老家。欢欢喜喜等他回来盖房娶自己过门的姑娘看到郝一楠很开心，可家人看到郝一楠那蜡黄蜡黄的脸，心里犯起了嘀咕。

无奈之下，郝一楠只好一五一十地告诉了他们一切。一时间，姑娘家炸了锅，姑娘的父母死也不同意他们的婚事。郝一楠问为什么，姑娘的父母说："以前你穷是穷点，可还算个健康人，下下苦力也不至于饿肚子。但现在你成了个废人，又穷又废，你让她跟你吃啥喝啥，只剩下受罪了。"

就这样，郝一楠只好住回自己那间又破又矮的土坯房里，拖着越来越虚弱的身子，准备了此残生。十里八乡，就算是残疾到不能动的姑娘，也没有谁愿意嫁给他了。

假如妈妈不让我嫁人

苗苗 女 37岁 CEO

“母爱是一种巨大的火焰。但是这火焰能把人烧死。”——罗曼·罗兰

“世上只有妈妈好，有妈的孩子像块宝。”这是我从小就听、就唱的歌儿，但是，我从来没有这么感觉过。我没感觉到妈妈怎么爱我。

妈妈永远都冷着一张脸对我，她从来没对我笑过，从来不叫我宝贝，也从来不像别的小朋友的妈妈，跟在后面喂饭，千般哄万般劝。她从来都是把饭给我盛好，到时间就把碗收走，不管我有没有吃完，所以我每次都会以最快的速度把饭吃完，然后去洗碗、倒垃圾、冲澡，再乖乖自己去睡觉。稍有不如意，她就会歇斯底里地大叫，威胁我要把我扔掉再也不管。

童年的时候，我最害怕的事就是被妈妈扔掉，所以我特别听

话，好好读书，什么都不让她操心，费尽一切心计讨好她。我心里对她，有一种恐惧，还有一种莫名其妙的恨，恨她为什么不爱我。

妈妈很漂亮，我常常见她打扮得花枝招展的，每当这个时候，就会有叔叔出现，妈妈也会特别开心，给我买我经常都吃不到的棒棒糖，脸上也会有甜甜的笑容，那会儿，我觉得妈妈就像天使一样。可是过一阵子，叔叔不见了，妈妈的脸就会重新变得冰冷，有时候还会为一些琐碎的事情打我。

我俩矛盾的爆发是在我15岁那一年。

那时候我已经知道，那些到我们家的叔叔，是妈妈的男朋友。她很想结婚，但不知道为什么，那些男人很喜欢她，却没有人肯娶她回家。我15岁那年，有个张叔叔经常到我们家来。他是一个商场的经理，经常给妈妈和我拿来各种各样的漂亮衣服和好吃的。每当他来的时候，我们家就充满了欢声笑语。有一次，平时不怎么跟我交流的妈妈说，张叔叔向她求婚了，还把张叔叔送她的那枚大钻戒给我看。看到妈妈很开心，并且显露出平时没有的温柔和甜蜜，我感觉心里暖暖的。

可我没想到，从此以后，我跟妈妈之间再也没有过那么亲密的时刻。

那是个夏天，暑假的下午，我在午睡，张叔叔来了。他说："苗苗，叔叔的商场新到了一批漂亮的连衣裙，叔叔马上给你拿了一条过来，快看看合适不合适。"我睡眼惺忪地到了洗手间，套上连衣裙，走了出来。张叔叔的眼睛直直地盯着我，说："苗苗，你真是太好看了。"我有点害怕，赶快往屋子里退去，张叔叔却扑上来抱住了我。我吓坏了，拼命挣扎，张叔叔却把嘴巴凑了上来。

这时，门忽然开了，妈妈站在门口，看到这一幕，目瞪口呆。

张叔叔赶紧放开我，说："你听我解释。你家孩子真的大了，她，她勾引的我……"

妈妈走到张叔叔面前，抬手给了他一耳光，歇斯底里地喊："滚！"

张叔叔讪讪地走了。妈妈又走到我面前，抬手给了我一耳光，骂道："不要脸！"

我捂住了脸，哭着说："是他耍流氓，不是他说的那样。"

妈妈又抬手给了我一个耳光："你嫌不够丢人是吗？"

我不敢再说话。

从那以后，妈妈再没跟我说过一句话。

我拼命地埋头苦读，终于考上了远在上海的大学，离开了妈妈身边，终于解脱了。

我非常努力，在学校频频拿奖，毕业后被一家全球五百强企业录取，在上海外滩上班，买了房子和车子，生活得有滋有味。我还谈了一个男朋友，萨林，香港人，他很优秀，是我们公司的大客户，一家生物公司的老总。他向我求婚，说要带我去大溪地度蜜月。

我给妈妈打了电话，对她说，我要结婚了。她很冷漠地"哦"了一声。

我以为她不会管我，没想到，3天后，她就来到了上海。

萨林请她在国金中心吃饭，她很开心，特意穿上了金丝绒的旗袍，盘起了头发，看上去还有几分楚楚动人呢。说真的，她才50出头，本来就漂亮，加上保养得好，所以一点儿也不显老。

一顿饭，因为萨林的善于辞令，吃得非常愉快。快结束的时候，我去了一下洗手间，回来的时候，萨林却不见了。只剩下我妈靠着落地玻璃窗，脸上是一丝很愉快的微笑。

“萨林呢？”我问。

她说：“他走了，不会再回来了。”

“什么叫不会再回来了？”

“因为我说了你的坏话。”她笑着，笑容很恐怖。

我急忙给萨林打电话。萨林说：“你不要给我打电话了，我们完了。”我问：“为什么？”萨林说：“一个连母亲的男朋友都会勾引的女人，到底还有多少秘密？”

我失控地大喊：“那不是真的！”

萨林冷笑了一下，说：“你觉得一个母亲会害自己的女儿吗？凭什么？”

我和萨林的婚事就这样吹了。

而妈妈决定住在上海，和我一起生活。我求她回去，她说：“我没处可去了，我养女儿，难道不是为了养老吗？”

我疯了一般打电话给婶娘，倾诉这一切。婶娘却说：“苗苗，你妈不容易。当初，你爸爸离开她，就是因为她生了你。因为你是个女孩，而那时候已经不允许生二胎了。你爸爸重新找了个老婆生儿子，抛弃了你们。凭你妈的长相，她就算拖着你，什么样的男人嫁不到啊，可她总是担心别人对你不好。可是，她跟个寡妇一样过了一辈子，心里也不好受啊。她今天这个样子，虽然有些过分，可你一定要体谅她啊。”

我还能说什么呢？我只好留下我妈，让她住在这里。

她平时还好，就是只要我要结婚，她就会各种捣乱，各种不愿意，各种拆散，又不肯回去。好像她和我住在一起，就是为了不让我结婚。

我能怎么办呢？我只能不结婚。因为，是我欠她的。不管她曾经多么不喜欢我，现在怎么坏我的事儿，可她毕竟是我妈妈，是她给了我生命，是她在我亲生父亲抛弃了我的时候，还依然和我相依为命，把我养大，供我上学。

就让我用一辈子的孤独来还她吧。

你的一生到底属于谁

雪芬 女 58岁

磨刀石把锋利赠给宝剑，自己却越来越小。

如果你见到雪芬年轻时的照片，你就会觉得，什么林青霞、章子怡都弱爆了。雪芬是真正的美女，有着那种“清水出芙蓉，天然去雕饰”的美。就算是黑白照，也遮掩不住她浑身散发的少女的芬芳，像诱人的花香一样扑面而来。

那时候，她是镇子周围方圆几十里最漂亮的姑娘，如果她在街上走过，街上的人立刻都会放下手里的东西呆呆地看着她，就像古文里描述的罗敷一样。她家的墙头上，经常会趴着一些被荷尔蒙刺激得智商变成零的混小子，偷看她洗衣服、扫地什么的。她一个星期收到的情书，比一条街一年收到的信件总和还多。连邻镇的镇长儿子都托人来说媒了，说如果雪芬答应了，就直接把她调到县城里的公安局工作，还安排她的两个弟弟妹妹上大学。雪芬家很困难，她的父母身体都不好，弟弟妹妹加起来八个，家里的日子过得捉襟见肘，穷得揭不开锅。要真攀上了镇长儿子，也算雪芬和她家人的福分了。可谁也入不了雪芬的眼。

在镇子的西边，有个驻地部队。有一回，雪芬到供销社去买东西，遇到几个地痞流氓，英雄救美的情节上演了。救雪芬的是一位解放军战士，完事儿后，又把雪芬送到了她家门口。解放军是江南人，生得清秀，又读过一些书，温文尔雅，两人简直是“天造一对，地设一双”。两人就这样一见钟情，他们商议好，等解放军复员了，两人就一起回到江南，经营解放军家里的茶楼。美好的生活，就像一幅完美的画卷，在雪芬眼里徐徐展开。

也许是因为幸福太浓烈了吧，老天要给他们稀释一下。就在一个桃花盛开的午后，雪芬和解放军战士在桃花树下痴痴对望，雪芬的父亲忽然跌倒在地上。这一跌，竟跌掉了雪芬一生的幸福。

父亲得的是脑溢血，抢救过来之后半身不遂，每天只能流着哈喇子坐在院子的角落里晒太阳。雪芬的弟弟妹妹都在上学，妈妈身体不好，只能由雪芬来照顾父亲。解放军陪雪芬照顾她父亲照顾了一个月后，转业的新单位不停地打电话催他，雪芬只好与他含泪而别。解放军战士说：“雪芬，我会一直等着你，请你记得，我们家的茶楼里，还缺一个老板娘。”

雪芬一照顾父亲就是5年。前3年，解放军战士，不，应该是复员军人，每个星期都来一封信。第3年满的时候，复员军人写信说：“雪芬，你是我见过最美最善良的姑娘，这一生我都将只爱你一个人，可是，我没有办法这样无尽地等待下去。我家三代单传，不孝有三，无后为大，我必须结婚生孩子。但是如果你说你能来，只要你一句话，我马上就让家人推掉这门婚事。”

世界上最遥远的距离，就是从雪芬家到他家的距离。雪芬根本就无法脱身。因为，在父亲脑溢血的第3年，母亲也瘫痪在床。雪芬要照顾两个生活不能自理的病人，还要在门口摆个茶叶蛋的摊子，赚钱养活弟弟妹妹。如果她离开，父亲和母亲会离开人世，弟弟妹妹都将成为孤儿！雪芬把所有复原军人的信都撕碎了，扔到了镇子外面的河里。曾经的不论甜蜜或伤痛，她都深深地埋葬了。只因为，这个家里不能没有她。

后来，父亲不在了，母亲却年复一年地活了下来。因为生得美丽，依然有小伙子追求雪芬。雪芬想招一个上门女婿，可别人一看到她最小的妹妹才几岁，她家里大大小小加起来有十几口子要养活，几乎都落荒而逃。也有不逃的，但却劝雪芬：“你照顾爹妈是义务，但对弟弟妹妹没有义务，完全可以不管。他们有的已经十几岁了，可以自谋生路了。再把最小的送人，不就万事大吉了吗？”

“丧尽天良。”雪芬能送给对方的，只有这句话。她绝对不会为了自己的幸福，葬送弟弟妹妹的一生。她决定，不管有多苦，有多累，都要拉扯大弟弟妹妹，一个都不让他们失学。徐芬确实做到了，弟弟妹妹一个也没有失学，而且个个成绩都特别好。等到大弟医学院本科毕业的时候，雪芬已经30多岁了。大弟的成绩拔尖，导师强烈建议大弟考博士。大弟哭着说：“姐，我想替你分担家里的负担，我是长子，我应该肩负这个责任。”可雪芬不愿意，她一耳光打在大弟的脸上，说：“没出息的东西。你就看着眼前这点吗？”就这样，雪芬硬是靠卖茶叶蛋，供出了两个大学生、四个硕士生、两个博士生。可此时，雪芬已经两鬓斑白，是个50岁的老太太了。

弟弟妹妹们都有了很好的职业，父母都不在了，长姐比母，弟弟妹妹们把雪芬当成母亲来孝敬。大弟给雪芬买了房子，其他人每个月都会给雪芬生活费，她根本不愁生计，过着很体面的生活。弟弟妹妹们也操心着雪芬的终身大事，四处托人张罗。很快，一个国土局的老干部就和雪芬熟络了，继而两人相爱了。老干部准备迎娶雪芬，雪芬终于苦尽甘来，等来了自己的春天。

可意外又一次发生。

雪芬的大弟忽然昏迷不醒。大弟的儿子年纪还小，弟媳如果照顾大弟，就照顾不了孩子，照顾孩子，大弟就没人管了。正在准备嫁衣的雪芬，扔下手头所有的一切，不顾一切地赶到了上海照顾大弟。她衣不解带地侍候他，给他翻身、按摩、喂食，就像许多年前对待自己的父母一样。一年多后，大弟终于痊愈了，又重新登上了工作岗位。雪芬这才想起来，家乡还有一个等待和自己结婚的男人。她赶回家中去找那个老干部，却看到一个和自己差不多年纪的女人，挽着老干部的手从家里走了出来。老干部看见雪芬，惊讶万分，说："雪芬，这都快两年了，你到底去哪里了？我给你打电话也没人接。"原来雪芬照顾大弟心切，走的时候连电话也没有带。万般无奈的老干部联系不上她，但生活又无人照顾，恰好别人另外介绍了一个老太太，老干部和她处了一阵子，觉得虽然和雪芬比起来相去甚远，但也马马虎虎能照顾自己的生活。老干部心有遗憾，但也就草草结婚了。

不管老干部和雪芬有多么琴瑟相合，可是，人家木已成舟，她又能怎么办呢？

心情万分灰暗的雪芬回到家里，又接到了三妹打来的电话。三妹说，她马上要生孩子了，老公的亲妈早不在了，没人侍候月子，让雪芬火速赶到。

没有人问雪芬想不想结婚，想不想有自己的生活。每个弟弟妹妹，都觉得雪芬是自己的亲妈。

雪芬自己也觉得，为弟弟妹妹们永无止境地付出，才是自己的生活。

结婚？还是算了吧。谁知道侍候完月子，又有哪个弟弟妹妹需要她呢？

没有房子的阿拉

易生 男 52岁 门卫

爱情和物质无关，可婚姻却与物质息息相关。

易生是土生土长的上海人。他家的老屋，就在张爱玲故居所在的那条街上。只是，后来家道中落，他父亲赌光了家产，他们只好租房而居。

那时候，父母带着他和几个弟弟妹妹，七八口人挤在一个20几平的房间里。易生一直记得，自己当时在门后面挂了一块板子，每次晚上睡觉的时候，要关上门，把板子放下来，然后铺上被褥才能睡觉。但谁要想进门、出门，就要叫醒他，他再收拾被褥，然后竖起木板，才能打开门。

16岁那年，易生顶替父亲进了船厂，做了一名车间工人，住进了工厂宿舍。虽然是架着上下铺的六人间，可易生觉得，这简直是到了天堂。他终于可以伸长胳膊腿儿，美美地睡觉了。他终于可以在睡觉的时候，不会频繁地被人摇醒，收拾铺盖卷给别人让路了。如果说每个人心里都有个天堂，那易生觉得自己此时的生活，就是天堂。

这样阳光般的心情，一直持续到易生26岁那年。

那时候，他谈了一个女朋友——栀子。栀子和他一样，也是顶替进厂的，也是住在弄堂里，两个人可以说是惺惺相惜，好得如漆似胶。栀子是那种黏糊人、爱撒娇的姑娘，整天把易生缠得紧紧的，但易生的心里却异常甜蜜。他觉得自己怎么也爱不够这个小女人，真是捧在手心怕化了，顶在头上怕摔了。

两情相悦，真的是最美好的事。

人生最大的幸福，就是自己所爱的人，也恰好爱着自己。易生就一直沉浸在这样的幸福中。

易生准备和栀子结婚，于是提着大包小包，到栀子家提亲，没想到，却吃了闭门羹。栀子的父母说："侬个什么也没有的小赤佬，还想娶我们家女儿？你有没有洋房，有没有10万存款，有没有车子？我们的女儿，可是要做阔太太的。"

栀子的妈妈说易生是癞蛤蟆想吃天鹅肉。她质问他说："你和那么多工友挤在一间屋子里，如果结婚，是不是要和老婆在那么多人面前同房啊？"

易生根本就没想过房子的问题，他再三恳求栀子的妈妈，请她成全栀子和自己，他一定想办法找到房子结婚。

易生回家，想求助父母，可是看到父母和弟弟妹妹仍然挤在那个破败不堪的小屋子里，他知道，他们对此无能为力。他问工厂的老师傅，结婚的房子如何解决，老师傅告诉他："孩子，我在这里工作了一辈子，也没有自己的房子。你就慢慢熬吧。"

无计可施，易生痛苦万分。他从来也没有想过，结婚要面对这样的问题，他一直以为，两个人相爱就足够了。他以为，他能给栀子洗脚、按摩，每天给她洗衣服、做饭，让她十指不沾阳春水，把她像个菩萨一样供着、疼爱着，就足够了。

栀子告诉易生，不管父母怎么反对，她都要和他在一起。她跟定他了。

可是，相爱是一回事，相守却是另一回事。

当易生一筹莫展地告诉栀子的父母，他们可以在外面租房子时，栀子的父母直接就把他赶出了家门。栀子的爸爸说："就算是南极的公企鹅，追求母企鹅的时候也会给送两块石头垒窝呢。你没有房子，你连个鸟都不如！"

虽然栀子仍然和易生偷偷约会，但半年后，栀子走了。她的父母托人给她介绍了一个日本人，她辞掉了工作，远渡重洋，嫁到了海外。栀子给易生留了一封信，说："易生，我对不起你。我本来也想像古书里写的那样，'山无棱，江水为竭，冬雷震震，夏雨雪，天地合，乃敢与君绝'。可是，我无法做到，因为我要活下去，我也要让我的父母活下去。虽然我根本不想嫁给那个日本人，可是一想到我父母从此可以住上宽敞明亮的大房子，可以衣食无忧地度过晚年，我的姐妹会因为我过得轻松愉快，我就觉得自己的痛苦是那么渺小。易生，怪，只能怪我们生在这样贫苦的家庭里。请忘了我，如果有缘来生再见吧。"

易生痛苦地几欲死去，他每天晚上喝酒，烂醉如泥，谁也拦不住，就这样醉生梦死，差不多3个月。他真的不能相信，房子，就能让一个女人抛弃一切温情，一切甜蜜，一切海誓山盟。那以前，七仙女还下凡跟董永住牛棚呢？难道这个世界上，就没有像七仙女那样的姑娘了吗？

工友劝他说："人生其实就是这么现实，每个人都想过好日子，并没有错。如果现在有一个女人，能给你锦衣玉食，我不相信你能经得起诱惑。"

易生想起他曾经睡在门后木板上的日子，又想起他刚刚进入集体宿舍时的幸福，似乎也想通了一些。

有了梧桐树，才能招来金凤凰。易生想明白了，他只有赚到钱，有了房子，才能娶到自己心仪的女人，否则，一辈子也别想。

易生托人找了几份兼职，他没日没夜地打工，不抽烟不喝酒，把所有的钱都攒下来，希望早日买到一套房子，哪怕只有20平方米，那好歹也是属于自己的窝。因为勤劳肯干，易生很快攒了一笔钱。易生说："我用10年的时间赚钱买房子，36岁，总能娶到老婆吧。"

可惜的是，因为太过劳累，有一次，易生在车零件的时候打瞌睡了，他的左手被绞进了机器里。好在他师傅眼疾手快，拉下了电闸，才避免了他整个胳膊被卷进机器。但是，他的3根手指废了。

他再也不能做工人，以前没有房子，现在连吃饭的饭碗都丢了。易生的妈妈来到工厂，求爷爷告奶奶，好说歹说，厂领导才答应不让他病退，给他安排了一个看门房的工作。反正开门、关门、询问又不需要手指头，易生总算有了立身之处。可是，他的房子梦，成了一个永远的梦。娶老婆，更是遥不可及，谁家姑娘会嫁给一个没有房子，年纪轻轻就看大门的残疾人呢？

易生就像行尸走肉一样地生活着。他下棋、打牌、吃饭、睡觉，过得浑浑噩噩。这辈子，结婚的事情，他想也不敢想了。

后来，工厂里又分来了许多大学生，易生也不再年轻。有时候，那些年轻男孩会跑来跟易生下棋。易生问："你们年纪轻轻，不去拍拖，跟我个老家伙混什么？”

大学生说：“没有房子，拍拖，谁会理阿拉啊？”

易生听到这里，只感觉好似如鲠在喉，难受万分。

一代又一代的人，好似都重复着这样的命运。

本来，房子只是一间冰冷的建筑，可是，它却承载和破灭了多少人的幸福。

如果你自己都放弃了人生

小林　男　55岁　无业

你给岁月的，岁月都会还给你。

提起小林，所有人都会摇头。他每天穿得破破烂烂，头发乱糟糟脏兮兮的，靠每个月在街道领一点儿低保金过日子。如果你有酒给他喝，他就会兴奋万分，喝得有点飘飘然，然后挥舞着双手告诉你：“以前这一片儿全是我家的。”

小林的祖上有点来头，据说是清宫里的大官儿，后来告老还乡，在城中心买了大片的地，盖了大宅院。据说他们家院子里，种花种草什么的，都得悠着点，因为一不小心，就能在地下挖出一坛金条什么的。也许是祖宅的风水好，到了小林爷爷这代，林家已经发展成叱咤江南的资本大户。家家户户的日用品都是他家生产的，不要说一条街，半个城都是他家的了。小林的父亲虽没有祖辈那么叱咤风云，但接着一个大摊子，一直维持着，也算是能人一个了。

后来，虽然经历了许多运动，财产被没收了一些，但到底是瘦死的骆驼比马大，林家没有没落，只是喘了口气而已。邓老先生在南海边划了一个圈的时候，小林才20出头，父亲已经年纪大了，便让小林上阵，自己督战。

刚开始，小林也雄心勃勃，想要干一番大事业，重新振兴林家。他先是趁着改革的春风开了一家皮鞋厂，没想到，生意好得一塌糊涂，每天晚上工厂三班倒，货物供不应求。如此下去，小林的人生一定是锦绣一片，说不定，他能成为第二个李嘉诚呢。

只是，那个风雨之夜让小林坠入了深渊。

小林做生意要打通很多关系，那天他跟税务局的人吃完晚饭，人家提议去打牌。小林只好跟着去了。税务局的人教会了小林打麻将、“飘三叶”“挖坑”之类的花样，又提议玩点刺激的，小林下的注也越来越大，从一百、二百、三百，一直到一千、两千、三千……那天晚上，小林输掉了要买设备的两万元。当时的万元户就已经相当了得。小林不敢让父亲知道，父亲每次问他钱的去向，他都支支吾吾，胡乱搪塞过去。这边，他急得像热锅上的蚂蚁，不知道怎么办才好。

几天后，小林在街上遇到了一个那晚和他一起打牌的人，那人神秘地问小林，想不想把输掉的钱赢回来，他发现了一个赢钱的诀窍。小林惊喜地点点头。当晚，小林真的赢回了所有的钱，总算给了父亲一个交代。

那时候，小林已经到了成家的年龄。父亲给他物色了一个姑娘，长得花容月貌，丰腴可人，非常乖巧，知识分子家庭出身，是个非常完美的女孩。小林也非常满意，父亲说，如果工厂一切进展顺利，就给他们年前完婚。姑娘非常羞涩，每次小林去她家的时候，她都躲在房间里不出来，有时候偶尔闪现一下，也只留下惊鸿一瞥，小林每次只看到一个窈窕的身影，和一个摇曳多姿的臀部，回到家后，他就更加浮想联翩。所以，他也特别想把姑娘早点娶回家。老婆孩子热炕头，这是每个男人的朴素心愿吧。

对赌钱的事情小林心有余悸，但是，那晚赢钱时那种酣畅淋漓的感觉，他却总也忘不掉。辛辛苦苦好几个月，也未必能赚到几万块钱，而赌钱只需要胆大、牌技好，就可以在几分钟之内把那么多财富据为己有，真的太刺激了。

那天未婚妻家有事，让小林晚上过去帮忙。走在路上，小林又遇见了那个帮他赢钱的人，问他愿不愿意再去玩牌。小林几乎没有一点抵抗，就立刻跟那个人走了。他想，他要在天黑之前赢上一大笔钱，再到姑娘家，姑娘一定会对他刮目相看，这样，他就能扬眉吐气了。因为一直以来，大家都认为他是个公子哥儿，花的都是父母的钱。

可惜的是，那天小林手气奇差，几乎每赌必输，一直输光了身上所有的钱。他几乎赌红了眼，占着牌桌不愿意下来。其他几个人要赶他下场子，有个大哥却说："算了，小林，我借钱给你，赢了的话，你把赢的给我一半，输了的话，你把本钱还给我就行了。"就这样，小林赌了一夜，大哥不停地借钱给他，而他每次都觉得自己能赢回所有的钱。

天亮的时候，小林借来的20万输光了，不仅如此，他还把厂房也赔了进去。他这才想起来，昨天姑娘家的邀约。

很快，债主登门要账，父亲看到小林亲手打的条子，一口气没上来，立刻吐血身亡。没多久，母亲把家里的各种细软搜集起来，给了债主，没多久也气急攻心驾鹤西去。就算如此，债主也没事罢干休，要求他把输掉的工厂也交出来。

看到一帮拿枪舞刀、凶神恶煞的大汉，小林不兑现，又能怎么办呢?

亲人都已不在，又失去了大部分家产，小林的心，疼痛难忍，这时候，也许女人的温存最能抚平一切了。小林去找未婚妻，没想到吃了闭门羹。姑娘的父母不让他进门，并说："以后这门亲事就算了！因为我们的女儿不能嫁给一个赌鬼！嫁给一个气死爹娘的败家子儿！"

小林失魂落魄，喝得酩酊大醉，又一次来到了赌场。仿佛在不停地押宝的时候，他才能感觉到自己是个活人。

从赌场出来的时候，他已经是身无分文的穷光蛋了，因为剩下的所有家产，都输光了。

小林流浪在街头，又没有一技之长，只好去饭馆打工，开饭的时候吃一点残羹剩饭，晚上就睡在饭桌上。

就算是最落魄的时候，小林也还是遇到了春天。虽然他一文不名，但年轻俊朗，又念过一些书，谈吐不俗，很快，旁边开理发店的张姑娘，就对他青眼相加。她不仅偷偷塞给他吃的，给他做了一床褥子，天冷的时候，还会让他去温暖的理发店里待着。最后，张姑娘终于钻进了小林的被窝，从此，小林就成了理发店的掌柜的。

按理来说，张姑娘有手艺，小林当帮手，两个人勤勤恳恳地经营理发店，倒也能过上和和美美的小康生活。张姑娘做这行多年，还攒了一些钱，准备投资开间更大的理发店。可旁边开了一个游乐场，里面有各种各样的赌博机。刚开始，小林只是好奇，拿点零钱去玩玩，乐乐了事，但慢慢地，他又感觉到了多年前的那种刺激，下的赌注越来越大。直到有一天，理发店门口来了两个凶神恶煞的人，张姑娘怎么也不敢相信，自己辛辛苦苦打理了快10年的店成了别人的，存折里也已无分文。张姑娘哭到说不出话来，当晚就跑到桥上，一纵身跳了下去。被打捞上来的时候，张姑娘已经含恨而终，收拾她遗物的时候，人们才发现，张姑娘已经有了小林的骨肉。在这个世界上，她最美好的憧憬全部被小林打破了，除了离开这个世界，她还能怎样呢？

得知张姑娘有了身孕之后，小林冲进理发店，拿剪刀剪掉了自己的一只大拇指。他跪在张姑娘的遗体前发誓，这辈子再也不会赌了。

可是，这还有什么用呢？

没有了拇指的小林，到处找活干，可人们都知道他是那个逼死父母又让姑娘跳河的烂赌棍，谁还会雇用他？街道办事处的人看他可怜，给他在筒子楼的楼梯间找了个住处，从此，那里就成了他的家。没有人愿意跟他做朋友，更没有姑娘愿意嫁给他。小林有时打打零工，有时捡点破烂，就这样聊以度日。偶尔，阳光很好，他坐在街心花园的长凳上，想起那个活泼可爱的张姑娘。如果他能戒得了赌的话，她现在应该正陪伴在自己身边吧？可是，他看到街边有人聚众玩那种猜火柴棍的赌博小游戏，还是不由自主地走了过去。

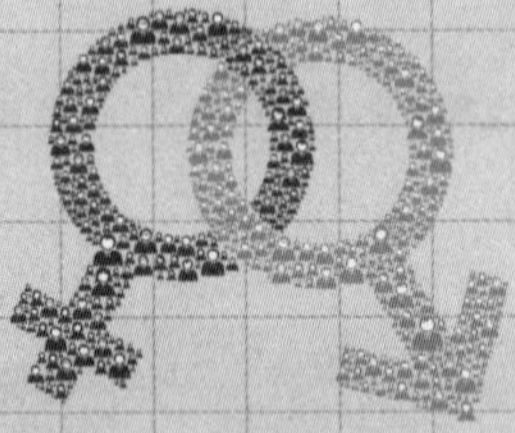

告白8：茫茫人海，总有奇葩

抠门是一种病

寒冰 男 46岁 考古研究所职员

"吝啬者必受罚。"——奥古斯丁

同事孙子满月，本来我们老姐妹可以一起聚聚，热热闹闹地聊聊心里话，只是，远远地看见惠蓉，我们就皱起了眉头，大部分人都赶紧走了，跟落荒而逃差不多。

提起惠蓉，不光是让人皱眉，还让人头疼。确切地说，我们躲的不是惠蓉，是惠蓉的儿子。

其实惠蓉和我们在一起时，大家都非常愉快。她是个开朗热情的女人，从年轻的时候开始，就喜欢唱秦腔，每次我们聚会，她的表演都是压轴戏。她对人也宽容大方，记得那会儿我们家孩子上初一，我和爱人出差一个星期，没人照看孩子，惠蓉就把我儿子接到她家，好吃好喝地管了7天，我们回来的时候孩子都长胖了，还穿着惠蓉给买的新衣服！我们要给钱，惠蓉愣是一分不要，还说喜欢我们儿子呢。

人说“龙生龙，凤生凤，老鼠的儿子会打洞”。像惠蓉这样的女人，教育出来的孩子怎么也应该是知书达理、宽容大方的四有青年吧。可谁知道，唉！

惠蓉的儿子学习成绩倒是一直挺好的，在我们单位的家属区，也算是鼎鼎有名。他上了南开大学，毕业后被分配到电信局，一个月工资听说底薪就七八千，再加上个头很高，白白净净的，应该是挺招人喜欢的，找个媳妇也不是难事儿。

几年前，惠蓉找到我们，说她儿子已经30好几了，条件不差，房子也买了，可不知道为什么就是找不着对象。让我们给想想办法帮帮忙。

刚好，我有个亲戚的孩子笑笑，模样长得挺漂亮，在精品店当服务员，人很活泼，嘴巴很甜，二十七八岁了。于是，我就客串了一把媒婆，把笑笑介绍给了惠蓉的儿子寒冰，还和惠蓉在一起，憧憬着这两个郎才女貌的孩子的幸福生活呢。

没想到，过了俩星期，亲戚把我狠狠地说了一顿，说我怎么能给孩子介绍个这么不靠谱的男的。

原来，这个寒冰，是个抠门到家的家伙！

寒冰约笑笑见面，大冬天的，为了省钱，把人家姑娘约到公园里。这都不说了，转了一会儿，笑笑说有些口渴，想买瓶饮料喝，寒冰从身上掏出一个水壶，说：“我都准备好了，在家灌的白开水，不要钱！”这也算了，就当他是环保爱好者吧。两个人转了一会儿公园，眼看着天渐渐黑了，也到了饭点儿上。笑笑心想，他一定会提议去吃饭吧，没想到寒冰说：“笑笑，你看，这会儿饭馆都关门了，咱就不吃饭了。”就这样两人各自回家了。笑笑以为人家没看上自己，也就再没当回事儿。

过了几天，寒冰给笑笑发了个短信，说，“笑笑，我对你印象特别好。我们见面吧。”笑笑心想，一次见面也不能说明什么，也不能一棒子打死，还是再给人家一个机会吧。于是她就赴约了。寒冰说附近有个博物馆，免费，里面还有暖气，顺便还可以提高一下文化修养，是个约会的好地方，笑笑答应了。寒冰带着笑笑坐公共汽车，笑笑说：“我们能打个车吗？天太冷了。”寒冰说：“就两三站地，打个车浪费。不是提倡绿色出行吗？”笑笑不好意思再说什么，就踩着10厘米的高跟鞋，跟寒冰走了好几百米，才找到一个公交车站。

上车时，寒冰拿着公交卡，问笑笑：“你有吗？”笑笑点点头。寒冰说：“那你就刷你的吧。”笑笑顿时瞠目结舌，但更雷人的可不是这事儿。寒冰刷完卡，公交车司机为了躲避前面的一个行人，忽然一个紧急刹车，寒冰的卡又触到了投币机，等于又刷了一次。寒冰跟公交司机说：“你得退我5毛钱。”公交司机说：“我没有现金。”寒冰又要跟上来投币的人收钱。司机提醒他说：“先生，你这样做违反公交公司规定。这样吧，你跟我到终点站，我们去找会计说明一下，我给你作证，让他退给你。”寒冰说：“那我回来的路费谁给报销啊？”公交司机还没说话，寒冰就说：“对，应该是你们报销，因为你踩刹车才造成我多刷一次卡的，是你的责任。”

笑笑实在忍无可忍，到站之后就下车走了，至于寒冰后来怎么处理这事儿的，她不知道，也没兴趣知道。这么一个抠门的男人，实在没办法过日子啊。

亲戚的话让我大吃一惊，我赶紧去找惠蓉。惠蓉抹着眼泪说，寒冰的爸爸过世早，她拉扯着孩子，经济上总是不宽裕，最困难的时候，母子俩在家吃了一个月稀饭咸菜。好不容易寒冰有了好工作，日子一天天好起来，可那种习惯总是改不了。我让惠蓉劝劝寒冰，该花钱的时候得花钱，要不哪个女孩儿愿意跟他呢。

后来，我去美国照顾生孩子的女儿，一去就是6年，孩子上了小学，我才回来。

老姐妹们都到我家来串门，惠蓉也来了，一见我就抹眼泪，说寒冰一直找不到媳妇儿，结不了婚。

等她走了，一个姐妹才偷偷告诉我，在我去美国期间，寒冰还真找了个不嫌弃他抠门的女孩子。那女孩是从云南边陲来西安打工的，家里经济条件特别不好，所以很能理解甚至赞同寒冰的节俭方式：比如洗完脸的水留着冲卫生间，上街随身带着水不买水，去超市要拿计算器把所有的价格再重新加一遍，看电影不去电影院在网上下载，实在不得已下饭馆也要点最便宜的菜……很快，两个人就在惠蓉家里同居了。

看到孩子终于找到了女朋友，惠蓉高兴得合不拢嘴，她以为自己很快就要做婆婆，不久的将来就能当奶奶了，可是，现实像一块石头，狠狠地砸碎了她的梦想。因为两人开始吵架，而且越吵越凶，最后寒冰打了女孩子。就这样反反复复，女孩终于忍不住要离开寒冰了。惠蓉使出浑身解数挽留女孩，女孩却哭着说："阿姨，我看你们寒冰还是跟钱过一辈子吧。"

从女孩吞吞吐吐的话语里，惠蓉才知道了一件让她也感到无地自容的事情。原来，寒冰和女孩亲热的时候，每次都要把用过的安全套收起来，洗一洗再接着用。女孩说这不卫生，寒冰就说，那有什么呢，都是自己的东西，一次性手套只要不破就可以反复使用，这个东西也一样的，只不过松一点而已，但是也不影响什么。没几次女孩就感染了，得了妇科病，可寒冰仍然这么做。女孩和寒冰就经常为这件事情争吵，甚至大打出手。后来，女孩实在无法忍受了。

女孩说："阿姨，我也赞成勤俭持家，开源节流，但如果为了省点钱，把自己爱的人的身体健康都置之度外，那也太可悲了，钱是用来让人生活得更好的。可他这样，只能说是个六亲不认的守财奴。我不想跟这样的人过一辈子。"

就这样，女孩离开了。从此，寒冰再也没有找过女朋友。直到今天，已经四十好几了，他仍然过着勤俭节约的日子，对于成家的事儿，只有惠蓉着急，而他根本就不放在心上。他的理论是，钱是他赚来的，干吗要给别人花啊，养活老婆孩子，本钱太大啦。

对于这样的男人，我想说的是，天下的女人没有人跟他，都很聪明啊。

请回到自己的年代去相亲吧

蔡京 男 40岁 后勤干部

有些人，一辈子也走不出自己。

朋友第一次介绍蔡京给我的时候，我吓了一跳。如果不是事先知道一些他的事情，我还以为自己穿越了呢。因为蔡京穿着一件中山装，已经洗得看不清颜色了，脚上穿着的，是一双黄胶鞋。

真是百闻不如一见啊。别人说他特别不修边幅，没想到到了如此地步。

采访开始了，蔡京对我说："听说你要采访我，我还特别收拾了一下呢。"

如果我不昏倒，还真对不起他。

蔡京说："我出生的时候，文革刚刚结束。那会儿，物质还很贫乏，我还记得我小时候在商店里排队买大白菜呢，能吃块肉，简直跟过年一样。记得有一年，我在书店里看到一本彩色的图书，非常漂亮，讲的是希腊神话，好像是普罗米修斯偷火的故事，只要两毛四分钱。我非常想买，但母亲说，那东西再漂亮，能吃能喝吗？我们家兄弟姐妹六个，四个男孩，一个个跟饿狼一样。我们家的粮食，从来没有够吃过。

“但母亲是个心灵手巧的女人，她总能变出好多好吃的给我们。一样的面粉，别人做面条，她包饺子。没有饺子馅？她就骑着自行车，带着我们几个到郊外去挖野菜。别人家做普通的面饼，她做馅饼：南瓜切成丝，和点面糊，放盐和五香粉，贴在锅里，一会儿金黄金黄的馅饼就香喷喷地出炉了。就这样，感觉粮食好像凭空多出来许多。

“只是，有的吃了，就没什么钱穿了。我们家的衣服，都是小孩子捡大孩子的穿，破了补一补，不分男女。轮到最小的妹妹穿时，新衣服基本上已经成了千层底了，真正的鹑衣百结。可母亲说，穿那么好，能当饭吃吗？再说了，心灵美才是最重要的，只追求外表美的人是肤浅的！

“母亲是小学教师，说起这些理论来一套一套的，别人根本不是对手。时间久了，我们都养成了习惯：吃的东西要讲究，这样对身体好；穿的东西无所谓，不讲究虚荣。

“可你说，这种观念，到底是好还是不好呢？比如说，我就因为这个东西，根本找不到老婆，到现在，我都丧失信心了，索性不找了。打一辈子光棍，还自在，没谁嫌我穿得破，不是吗？

“我第一次相亲，是我的一个同学介绍的。那女孩人还挺不错的，活泼开朗，长得有点像林心如。我们约好去吃饭，可到了门口，人家把我拦住了，说，对不起先生，衣冠不整恕不接待。我怎么就衣冠不整了呢？我低头一看，我没有不整齐的地方啊？女孩说，算了，要不换个地方吧。我们去了饮食一条街，吃了炒菜、米饭，相谈甚欢。女孩经常忍不住看我的衣服，最后终于憋不住问了一句，你这衣服是什么面料啊，看起来很特别。

“我说，有啥特别的，家里的窗帘破了，扔了不是很可惜吗？我就把中间破的那块扔了，请裁缝把其他剩下的做了衣服。

“女孩当时那表情，别提有多别扭了。可是我想，既然你要跟我相处，你就得接受我的所有，对吧。

“吃完饭，我们一起去公园划船。我看着坐在船头的女孩，像荷花一样美丽，禁不住心里乐开了花，卖力地摇着船桨，希望女孩玩得开心。也许是用力过猛了吧，我的裤子‘刺啦’一声裂开了。对面船上，顿时呼哨声响成了一片。你猜为什么？因为我衣服里面没穿内衣内裤，是光着的。对，我们家一直都是这样的，没人讲究的。讲究那些做什么呢，又不能吃又不能喝，穿不穿也没人知道。

“上了岸，女孩说我们之间根本不合适，就扬长而去了，根本没管狼狈不堪的我。这样的女孩就算了，又虚荣又不体贴人，怎么过日子啊。衣服难道就那么重要吗？从人类的起源来讲，衣服最早的功能只是遮羞、御寒而已，慢慢地人们赋予了它美观的功能，但这个功能要不要都可以啊？否则的话，虽然穿真丝裙子漂亮，但是为什么大冬天女孩子不穿着真丝裙子上街呢？还是御寒第一啊，对不对？

“后来跟我相亲的每一个女孩，都是因为这一点不跟我好的。我就想不通，不就是个皮囊吗？如果一个穿得珠光宝气的人，却有一颗肮脏的心灵，她们也愿意嫁吗？说真的，这样的女孩我也不敢娶啊。这辈子，我还是打光棍比较安心一些。不过，我也为那些虚荣的女孩感到悲哀。她们错过的，是一颗金子般的心。”

蔡京絮絮叨叨地说着，其实他还是有一点口才的，长得也不差，如果捯饬捯饬，不至于娶不到老婆。但是，他穿着那怪模怪样、不合时宜的衣服往那儿一坐，别人真的会以为他精神有点问题。

送走了蔡京，我又和朋友去找蔡京他家以前的邻居，是个人到中年的妇女。她挽着高高的发髻，穿着一身香奈儿套装，化着淡淡的妆，看起来高贵优雅、从容大方。

“其实，蔡京小时候很可爱的。他很聪明，成绩比我们好，而且看过许多书。那时候，大家家里都很困难，穿的衣服都有补丁，所以也就没谁笑话谁。我跟他一直同班，还是同桌呢，直到高中毕业才分开。我们俩每天上学、放学一起走，说实话，还有些朦胧地情窦初开呢。记得大一的第一学期，我们还一直在通信，里面写了许多很模糊的好感。那时，我很期待放假，期待早点见到他。

“寒假时，我们回家，在大院里碰上了。他还穿着那件旧军装，说真的，我忽然觉得是那么刺眼。在大学里，我见到了好多来自大城市的同学，他们每天都把自己收拾得干干净净，穿着得体，显得特别精神。而且，那会儿大城市里的人早就不穿中山装、旧军装了，男孩子都穿T恤，在正式场合穿西装、打领带。

“我跟他说：‘你怎么不买件新衣服啊？’他说：‘干吗要买新的。我以前的衣服，有好多呢。’他还带我去了他家，真的有好几箱，都是他的兄弟姐妹们穿过的衣服，没舍得扔。他说，看到了吧，就算我以后有了孩子，也够穿了。

“从那以后，我就再没有给他写过信，他给我写信，我也不回。心里那点小芽芽，被我硬生生地掐死了。因为一想到如果真的要跟他在一起，生个孩子，就要穿那些几十年前的破烂，真是让人难以接受。

“毕业后，我参加工作、结婚、生孩子、升职，每次回去的时候，看到他还穿着几十年前的衣服，就觉得太可怕了。一个人活在世界上，怎么能固守这样的一种奇怪观念？社会在进步，以前御寒遮羞的衣服，现在已经成了一个人的名片。穿符合自己气质、身份的衣服，保持整洁大方的外在形象，是对自己的尊重，也是对别人的尊重。

“作为女人，我觉得他没有找到老婆，并不奇怪。因为爱漂亮是女人的天性，如果结婚要以扼杀这种天性为代价，哪个女人都不会同意吧？”

说到这里，她的情绪慢慢地变得有些激动。看来，蔡京这个“初恋”给她留下的心理阴影可真不小啊。同为女人的我，赶紧点头表示赞同，别说和这种大叔结婚了，一起上街都需要勇气吧。

据说唐宋八大家之一的王安石也是不修边幅的，衣物不仅陈旧，而且还很脏，多年不洗，连脸都懒得洗。御医们看他脸色越来越黑，担心他生病，就帮他诊断，才发现并非如此，他脸黑只是因为很久没洗了而已。

蔡京难道是想效仿王安石吗？可惜，王安石几千年才出了一个。

幸福和你遇见的人有关

韩志　男　35岁　教师

遇见什么样的人，就有什么样的人生。

遇见什么样的人，就有什么样的人生。

比如，我遇见了慧子。

其实，我一出生就遇见了慧子。因为我们的父母都是一个单位的，我俩出生的时候，都在职工医院，一个病房。据说那天，我先出生，被抱进了病房，躺在婴儿床上，哭个不停。过了一会儿，后出生的慧子也被抱了进来，她的哭声比我的大得多，我听见后，居然不哭了。

也许，她就是我这一生中的魔咒。

我俩一起上幼儿园、小学、中学，每天，我们手拉手一起上学、放学，有人欺负她，我一定会挺身而出。这就是传说中的青梅竹马吧。高三那年夏天，我们高考完后的一天，父母都去上班了，我在家睡懒觉，慧子来找我，坐在床边和我聊天。后来，她钻进了我的被子里。

我们的第一次，慌乱，但却那么甜蜜，我永远忘不了，慧子在我身下，深情望着我的情形，也忘不了床单上，那刺目却温暖的一抹嫣红。

可惜的是，我考上的是厦门大学，慧子却远上东北。临行的前一晚，慧子咬着我的嘴唇，说："不许你忘记我，不许你在大学里交女朋友！"

可是到了新学校，却是乱花渐欲迷人眼，漂亮的女生太多太多，加上半年没有见慧子，荷尔蒙分泌异常旺盛的年龄，谁能不对美女动心呢？我喜欢上了一个同班的女生，想对她表白，和她约会，像其他人一样，出双入对。

那天晚上，就在我好不容易约到心仪的女生，准备一起去看电影的时候，慧子忽然出现在我面前。我呆若木鸡，慧子猛地扑过来，抱住我，甜蜜地说："亲爱的，我好想你啊。"

后来，我才知道，慧子听我们以前的一个同学说，我可能会喜欢别人，就立刻连夜坐了几十个小时的火车硬座赶到了我们学校。

她住了3天就走了，可我在学校里，再也无法恋爱了。人人都知道我有女朋友，如果我向哪个女生表示好感，对方就会问我："怎么，你想让我当小三儿，当备胎？没门儿！"

就这样，在学校的四年里，我形单影只，只有和慧子谈恋爱。

大学一毕业，我们都被分回了家乡，我和慧子也成了朝夕相处的恋人。双方父母都很熟悉，知道我们一直在恋爱，还互相打趣说："他们生下来的时候，就知道以后是一对。"话都挑明了，父母们都开始给我们筹备各种结婚的东西，打算合适的时候就让我们俩结婚。

慧子的单位是一家机械厂，在学校的时候她的学习成绩就很好，她又是特别争强好胜的人，所以很快就成了设计部的一姐，稳稳坐上了设计部的第一把交椅。有一年春节过后不久，慧子跑来，惊喜地告诉我，她被单位派出国一年，在丹麦的一家公司学习，回来后会升为技术副厂长。

我支持她大胆地走出去，慧子坐在我腿上撒娇，说："亲爱的，你真是天下第一的好男人。"

那一天晚上，我们恋恋不舍，抵死缠绵。

不久慧子就走了，我也因为接到一个重要的项目忙碌起来。刚开始，我们还联系紧密，每天视频，后来改为每周打一个电话，日子久了就改为在MSN上留言了。我想，反正她一年后就回来了。

一年后，慧子是回来了，可我到机场接她的一瞬间，却如同遭到晴天霹雳。慧子的怀里，抱着一个小婴儿，身边有一个男人，对她呵护有加。

慧子对我说，这一年，她结婚了，嫁给了一起在丹麦工作的美籍华人戴维。戴维在美国长大，听不懂中文。她看着我，说："对不起。可是，孩子是你的。"

那一瞬间，我觉得世界太混乱了。慧子，她这么做，是什么逻辑?

慧子说："出去后，我才知道国外有多好，可是想移民国外却很难。我刚去，戴维就追求我。不久我发现自己有了孩子，我就想，我先跟戴维结婚，给孩子一个合法的身份，我自己也取得合法身份，之后，我再想办法把你带出去。这样，我们一家人，就能过上美好的生活了。"

一时间，我的脑子秀逗了。我转不过这个弯儿。

慧子跟戴维说，我是她最好的朋友，和哥哥一样，所以请他不要介意。戴维对我很客气，和我一起吃饭、喝酒、聊天，把他的心里话都统统说给我听。

我感觉很对不起戴维，可是慧子说，人不为己，天诛地灭。

我想跟慧子分手，但慧子生了我的孩子；如果我跟她纠缠，那又算怎么一回事儿，一女侍二夫吗？

好在，慧子很快就跟着戴维带着孩子回国了，我这才舒了一口气。也许时间久了，慧子就会在国外定居，不再回来了。

关于慧子和儿子的事情，我没跟任何人说。我妈见慧子出国，也觉得她不会再回来了，一边埋怨慧子耽误我，没良心，一边又给我张罗相亲。我本来没什么心思，但母命难为，每次只好硬着头皮去赴约。也许是缘分吧，相亲的没相上，我却爱上了一个陪闺蜜来相亲的女孩小美。小美比我小差不多10岁，我和她闺蜜相亲，那女孩特排斥相亲，为了给我留下坏印象，拿着菜单就点了一堆最贵的。小美制止了，批评她闺蜜太损，不愿意就直说，至于祸害无辜的人吗？自此，我喜欢上了小美，开始频频约她，我们俩很自然地走到了一起。

没想到的是，半年后，慧子又回来了。她说，她申请做单位的中方代表，半年在国内，半年在国外。慧子兴奋地抱住我："这样我们一家人就可以在一起了啊！"

我说："我有女朋友了。"

慧子说："你不能有女朋友。我跟别人结婚不是因为我爱他，而是因为我爱你。我要让我们全家都过上好的生活。"

慧子找到了小美，告诉小美，其实我已经结婚了，而且孩子都有了。小美伤心地哭了，骂我是流氓骗子，任凭我说什么，她都不再理我了。

看着慧子兴奋不已的样子，我问她，到底想干什么。她扑到我身上，流着眼泪亲吻我，抚摸我，说：“我就是离不开你，我就是想跟你在一起，一辈子在一起。我不允许你跟别的女人在一起，你只能属于我一个人。”

一个血气方刚的男人，哪能经得起女人这样？我缴械投降了。

从此，慧子就这样来回奔波，一半时间在国外，一半时间在国内。她回到我身边的时候，我就感觉我过着正常人的生活，而她一离开，我就觉得，我其实一直是孤家寡人，慧子、孩子，都跟我没关系。因为，在法律上，他们都跟我没关系。但我，真的离不开慧子，更离不开那个和我越来越像的孩子。

父母催着我找对象结婚，可我怎么跟他们解释这样的关系呢？我只好宣布我是不婚族，永远也不想结婚，谁要逼我我就去死。父母吓得再也不敢提这事儿了。我的世界终于安生了。

我想，我这辈子，就交代给慧子了吧。反正，孩子也有了。不婚和已婚，又有什么区别呢？婚不婚的，只是个形式吧？

如果世界上没有了妈妈

果儿 男 35岁 程序员

爱，对有些人是蜜糖，对有些人是砒霜。

果儿是那种斯文秀气的男孩子。我第一次见他，是在一个朋友的生日聚会上。大家都闹翻了天，只有果儿安安静静地坐在旁边看着大家，只笑不说话。后来，大家都喝多了酒，果儿也喝多了，但却不像旁人那样有的哭，有的闹，而是反复地轻声说一句话："抱歉，我喝多了。"

这个教养极好的男孩，给我留下了深刻的印象，他的样子不断地萦绕在我的脑海中。不过，缘分就是这样，就在你不经意的时候，就会从天而降。

我在地铁上碰到了果儿，一个女孩正在跟他吵架，看起来相当凶悍，果儿的脸窘得通红，却一言不发，任那女孩的不雅言语劈头盖脸打来。我真心看不过去，就跑过去问那女孩："你干吗这么对待他？”那女孩吃惊地望着我，说：“关你什么事儿？”我说：“我是果儿的女朋友。”

女孩冷笑一声，说：“嗯，真好，祝你比我好运！”

女孩扬长而去，果儿红着脸说：“你把我女朋友气跑了。”

我说：“她那样对待你，你还让她做女朋友吗？姐姐让你知道什么叫女朋友。”

我就这么死乞白赖地成了果儿的女朋友。

交往没多久，果儿带我回家。之前，他告诉我说：“我妈妈性格有些怪，你要多担待一点儿。我以前的女朋友，都是因为她跑掉的，包括你上次见到的跟我吵架的女孩。”

我做业务，每天要面对形形色色的客户，什么奇葩没见过，“八面玲珑”就是我的别名，我还能怕一个老太太吗？我拍着胸脯告诉果儿，完全不在话下。

一见面，我感觉还行。果儿的妈妈是知识分子，小学教师，热情又客气，不像果儿说的那样。但是，我总觉得哪里怪怪的，却又说不出具体的。但总体来说，第一次见面还算愉快。

渐渐地，我们就每天都回果儿家了。

果儿的爸爸很早就去世了，他妈妈害怕他受委屈，一直都没有嫁人。果儿说：“你要对我妈妈好点，她真的很可怜。”

爱屋及乌吧，我对果儿的妈妈，也感觉分外亲切。

但回去得多了，我就觉察出怪了。这老太太对儿子，真的是太体贴入微了：吃饭的时候不断夹菜，好像全世界的人都跟她没关系，她的眼里只有她儿子；我去洗果儿的脏衣服，她会重新洗一遍，说我洗得不干净；每次来大姨妈的时候，我都疼痛难忍，让果儿给我泡杯红糖水，她立刻就跳起来指着我的鼻子骂：“喂，我从来都不指使我儿子，你凭什么让他侍候你？”

她每天拿果儿的杯子喝水，吃果儿碗里的剩饭，有时候，果儿不想吃饭，她就拿着勺子端着碗，一口一口地喂他吃，就好像他才5岁一样。平时，果儿上厕所、洗澡，她就随便出入卫生间，根本好像果儿是个女的一样。

我嘲笑果儿说：“在你妈眼里，你是不是只有5岁啊？”

有一天，果儿带我和朋友聚会，喝多了。我们回到家里，他妈妈看见他烂醉如泥的样子，就扑过来打我，说：“你怎么看的他啊？你怎么让他喝成这样啊？蛇蝎心肠的女人啊……”说着她就连拉带托地把果儿弄到卧室里，抱着果儿的头亲吻着，说：“宝宝，没事儿了啊，妈妈在呢。”然后搂紧果儿，盖上我俩的双人被子，对我说，“你出去吧。”

老太太搂着儿子睡了一晚上，我睡在隔壁的客房里，觉得自己简直就像个无耻的小三儿，活脱脱拆散了他们两个。我生气地走了。

后来，果儿给我道歉，说他妈妈就是太心疼自己了，看自己喝成那样，担心不已，所以才那样的。架不住果儿的甜言蜜语，我又跟他和好了。

可是，后来发生的事情，让我实在无法忍受了。

我跟果儿已经进入热恋，而且也有了肌肤之亲，晚上，我们睡在他的房间里，免不了要亲热亲热。可每次我们的前奏刚开始，他妈妈就在外面敲门，说“果儿，我给你送点热水”“果儿，我给你削了水果”“果儿，我给你热了牛奶”……总之借口多多，一刻都不得消停，一会儿，我就兴致全无。后来，他妈把果儿叫到自己房间里，说自己害怕，不敢睡觉。果儿只好陪着她睡了，半夜再溜回来。可是早上一醒来，天哪，果儿的妈妈竟然睡在我们中间！

有一天，我因为身体不舒服，就没早起上班。果儿走了，我睡到十点才起床。我正准备进卫生间去洗漱，突然从门缝里看见果儿的妈妈在里面，手里拿着一件衣服，闻来闻去，还不时亲吻一下。我仔细看了看，天哪，那是果儿的背心！

想起地铁里那个女孩骂果儿的话，我忽然明白了果儿为什么一点儿也不反抗，对此没有任何异议。他的妈妈，心理真的有问题。现在回想起第一次见果儿的妈妈，我总觉得哪里不对劲，现在明白了，那是因为他妈妈的眼神，她看儿子的目光，是那种幸福的、痴迷的，看着深爱的恋人的迷恋的目光。

我跟果儿长谈了一次，建议果儿带他妈妈去看心理医生，或者给她找个老伴儿。可果儿却说我诬陷他的母亲，因为他从小就跟母亲那么亲密，他不觉得这有什么问题，要想改变这些，基本上是不可能的。如果让他在母亲和我之间选一个人，他肯定会选母亲。

果儿说："你知道吗？前面那么多女朋友都离开了我。我以为你是一个不一样的女孩子，现在看来，我真的看错人了。"

我无语地离开了果儿，只能祝他好运。据说，果儿后来再也没有找过女朋友。我想，他和他妈妈，应该能快快乐乐地生活在一起了。

不久，我看了一部韩国电影《黑洞》，影片讲述的是一对母子的故事：父亲去世了，母亲含辛茹苦地把孩子带大，30年来他们一起吃、一起睡、一起嬉戏打闹，亲密无间。儿子娶了媳妇，母亲无法忍受两人的甜蜜，为了夺回儿子，母亲折磨摧残儿媳妇，并想杀死她。后来，儿媳妇在朋友的帮助下，顺利地从母亲囚禁她的像黑洞一样的暗室里逃了出来，而母亲，永远和她的儿子长眠在了那里。影片的最后，儿媳妇说："希望他们来生不要做母子，做一对恋人吧。"

这，也是我想对果儿和他妈妈说的话。

只爱自己的人，只配孤独

呼图　男　41岁　公务员

“自私的心灵是会饱尝它应得的苦痛的。”——爱·扬格

和你相处的半年，就像一场噩梦。

我是“齐天大剩”，你是过气衰男。那时你三十五六岁，而我也已经三十出头。朋友说我俩一个是幼儿园老师，一个是公务员，挺合适，撮合我们认识。

初次见面的时候，我见你戴着一副眼镜，看上去文质彬彬、儒雅有加，对你的印象还算不错。我们散了一会儿步，你说，去吃饭吧，却没有征求我的意见，直接把我带到了一家很小的川菜馆，自己点了几个菜，跟我说，这些都是这个馆子的招牌菜。我自己吃饭从来不去那种苍蝇乱飞的小馆子，而且我根本不吃辣椒，但这些，你并没有问过我。我的心有点发凉，但作为一个人们眼中的大龄剩女，我绝

对不会表示任何不满。因为我不能那么挑剔，不能因为一次见面或者偶尔的行为就轻易地否定一个人。

那顿饭我根本没吃几口，因为我吃了辣椒后就会不停地咳嗽。你吃得酣畅淋漓，一口气干掉了3碗米饭，连呼过瘾，最后抹干净嘴巴，看着我眼前几乎没动过的饭菜，说："你太瘦了，要多吃一点儿。"那一刻，一个人在城市里打拼的我，感到了一丝暖意。可你接着说："这么瘦以后怎么干家务啊，身体不好会连累别人的。"

我的心，一刹那就跌到了谷底，感觉到你只顾着自己，压根不考虑别人。

你跟我过马路，路上车流如注，你飞快且灵巧地躲避着汽车，很快就跑到了马路对面，而我，还胆战心惊地站在马路中间。

这时候天已经黑了。你对我说："我家就在这里，我回家了。我们以后再约吧。"你没有送我，而且我这时才知道，你约我见面，并不是因为这里有一个公园，而是因为这个公园就在你家门口。

回去后我跟朋友说算了，不适合。朋友说："你年龄也不小了，不能挑肥拣瘦。我听说，有些男人初次见面的时候，会故意搞出一些让人不愉快的事情，考验对方。再说了，人无完人，有些人是有些毛病，但无伤大雅，不影响过日子，也没什么。想找个十全十美的人，那是不可能的。"

我听取了朋友的意见，在你继续约我时，也没有拒绝。

几次见面之后，你带我到了你家。你说，你不会做家务，也不会做饭。而我因为很小年纪就出来闯荡，所以这些都不在话下。我干脆利落地收拾好屋子，洗完你所有的衣服，把你屋子的灯泡修好，又开始做菜。我做了炸薯条和披萨饼，放在饭桌上，又去厨房做沙拉。等我端着沙拉出来的时候，顿时惊呆了：你已经把一张9寸的披萨吃光了，正抱着一大盘薯条边看电视边大快朵颐。

我不禁想起了曾经看过的一个故事：8个鸡蛋。这个故事里的角色跟我们何其相似。男孩和女孩谈恋爱，两人在外面玩了一天回来，累得手脚酸软，肚子也饿得咕咕叫了。家里只剩下8个鸡蛋和一些面粉。两人不想出去买菜，于是，女孩把8个鸡蛋做成了炒蛋，放在桌子上，又回头去用面粉烙煎饼，准备做煎饼卷蛋。可是，等她做好煎饼出来的时候，却发现桌子上的炒鸡蛋已经被男孩吃光了。女孩和男孩分手了，理由是，他根本就是一个不会考虑别人，只想着自己的人。

我对你说，我们分手吧，可你却不依不饶。你每天都到我们幼儿园门口等我，还给我写情书，告诉我你很爱我，你从未见过一个女人像我这般贤惠，等等。我被你的甜言蜜语打动了，又跟你回到了你家。

不久，我家发生了大事，我妈出了意外，生命垂危，在医院抢救，我立刻拿了所有的钱赶回老家。7天7夜，母亲一直昏迷，我几乎没有合眼，母亲终于从生死线上挣扎了回来。而我，花光了身上所有的钱，人也瘦得脱了形。我把病情稳定的母亲托付给别人照顾，立刻赶回来，因为单位已经给我打了好几个电话，催我回来上班，否则我就会被除名。

回到城里的时候已经9点多了，但因为一场车祸引起交通大堵塞，我坐的车也被堵在了路上。我看地点离你家很近，而我也已经疲惫不堪，只想倒头猛睡，于是就下了车，来到了你家。进门后，我说，我困死了，想好好睡一觉，就跑到你家客房，倒头就睡。可是，十几分钟后，你的咆哮声就响了起来，把我吵醒了。你指责我不关心你，只顾着自己，如何如何，我感到莫名奇妙。你差不多指责了我半个小时，才说，你发烧了，我怎么不问一下，进门就知道睡觉！一听说你发烧了，我也很紧张，问，多少度啊？你说，37度1！

除了沉默，我实在不知道用什么态度来应对你。

那一天，我转身离开了你家，在路上，因为连续一周没休息好又营养失调的我，晕倒在路边。这些，你都不知道。

我想放弃你，可你一次次地找我，说很爱我，还为那天的事情道歉。我心软了，只好答应了你。

但是，江山易改本性难移。

那一年的4月份，我生病了，胆结石。做手术之前，我很害怕，再说，我在这个城市里没有一个亲人，如果要说和我最亲近的人，那就只有你。你帮我签了字，还安慰我不要害怕，胆结石是一个小手术。那一刻，我觉得你真的是我的依靠。

手术定在第二天早上10点进行。可是已经9点半了，我已经准备进手术室了，还没看到你的人影。我害怕你有意外，给你打电话，却听见那边传来游戏的声音。你说，不急啊，你10分钟就到医院了。我挂了电话，进了手术室，感觉到自己是那么孤单。躺在手术台上的那一刻，我在想，如果我就这样死掉了，你也许还依然沉浸在游戏的快感里，不会有任何悲伤。

当手术结束我醒来的时候，我看到了你。你终于来了。我的心又欣喜起来，忘记了自己在手术前想的那些事儿。我想，你还是很在乎我的。

夜晚来临了，你领来了一个陌生人，说：“妞妞，我的身体不好，熬不了夜，我特意给你请了个陪护，24小时侍候你。”安排好这一切，你就走了。一直到我出院，你每天晚饭后，会过来转一圈，十几分钟后，你就会说，医生最近让我卧床休息，你就不多待了。

我出院的时候，你接我去你家，院子里的老大爷见着你说："哎呀，今晚老地方见哦，再杀几盘！最近这几天晚上你的棋艺可是突飞猛进啊，不过要早点回家，我们每天12点回家，老婆子都提意见了。"

原来，你所谓的身体不适，都是推托。

每天我的伤口都会微微作痛。你说，没关系，要锻炼，如果总是不动反而对身体不好呢。做饭、洗衣服、拖地……我满头大汗地干活，而你，就坐在空调房里看电视、玩游戏。

有一天，我感觉伤口好疼，但仍然强忍着做了两碗西红柿鸡蛋面，端到饭桌上叫你。你在QQ上不知道和谁聊得火热，依依不舍地离开电脑，吃了两口饭，就发脾气说："你怎么做的饭啊，真难吃。"

那一刻，伤口疼痛难忍的我知道，其实你我的感情，也像我身体里曾经的那颗胆。不管我多么不情愿失去自己身体的一部分，但它已经没用了，它带给我的，只有疼痛和折磨，那么，我为什么还要保留呢？

我果断地离开了你，辞去了幼儿园的工作，来到广州。几年过去了，我从业务员做到了连锁餐饮公司的老总，也找到了爱自己和自己爱的人，有了幸福的家庭和可爱的孩子。我老公很心疼我，他是会在我穿着高跟鞋逛街的时候，偷偷买来一双平底鞋，给我换上的男人。平时在家里，他连地也舍不得让我拖，说是会让手变粗。每个月我来大姨妈的时候，他不让我干任何事情，自己洗衣服、做饭，冲好红糖水端到我面前。他像疼孩子一样疼爱我。

后来我回到老家，见到了你。你老了许多，头发都花白了，可还是孤身一人。朋友说，给你介绍的对象很多，可女孩都受不了你的自私。所以，这辈子，你也决定不结婚了。

我想起不久前，我在一个人的微信里看到了一段话："你不想付出金钱，也不想付出感情，可却希望女人对你忠贞不二言听计从温柔有加，无怨无悔地付出青春、金钱、身体……对不起，你需要的不是一个女人，而是一个SB。"

我想，这句话送给你，再合适不过了。

爱情里不需要表演欲

方炯 男 已故

有些人，爱上的不是你，而是爱情本身。

那谁，我又看到你了。不过，你再也不会像以前那样，对着我念一首顾城或者徐志摩的诗了。因为，你提前被挂在了墙上。

3年前，朋友聚会的时候，你也在场。当时，你穿着一套白色西装，头发梳得能让苍蝇滑倒，给我的感觉就是：油头粉面。况且，你年纪不小了，皱纹都能把蚊子夹死了。朋友说，你已经45岁了，是个浪漫的男人，可一直没有结婚，不知道为什么。

大家喝酒都喝HIGH了的时候，你站到了桌子上，说："今天晚上，我遇见了一个女孩。她就像公主一样美丽，像星星闪耀了我黑暗的天空。现在，我要把一首诗献给她。"说着，冲着我，念了一首《沙扬娜拉》："最是那一低头的温柔，像一朵水莲花不胜凉风的娇羞……"

大家都跟着起哄，让我和你在一起。说真的，有许多男人追求过我，但都没这么浪漫，再加上酒精作用，我的脸红了，你拉我手的时候，我顺从了。

从此，你就在我的生活里了。每天早晨，我打开家门，就会在门口看见一束鲜花，或者一篮新鲜的还沾着露水的水果。黄昏，你会牵着我的手，漫步在我家附近的河边，我们边走，你边给我念诗。刚开始，我觉得很浪漫，可一个星期后，我感觉有些不对劲了。

首先，是约会。

你约我的地方，要么是博物馆，要么就是画廊，总之就是文艺腔十足的地方。约会的内容就是你给我从青铜器讲到瓷器，从原始人讲到天外飞仙，从飞白讲到莫奈的《睡莲》。说真的，我可能更关心的是中午吃什么，因为每次你谈兴太浓，我根本无法打断，你不知道，常常离标准吃饭时间已经过去了3个多小时，而你还丝毫没有要带我去就餐的意思，我的肚子和小腿，早就抗议了。

那天，我不知道为什么有点不高兴，就不想理你，自顾自回家了。我想，你一定会来找我，给我道歉，哄我开心的。但我没想到是以那种方式。凌晨3点，我家楼下忽然响起了大喊大叫的声音，把我吵醒了。仔细一听，原来是你在叫我的名字！我打开窗户一看，你站在我家窗户下面的草地上，捧着一束鲜花，对着我家窗户大声地喊着：“原谅我吧，我爱你！”

这也太狗血了吧？

我跑下去，说：“你别喊了，邻居们都在睡觉呢。”你说：“我不管，我就要让所有人都知道我爱你。”隐约地，我感觉到了不对劲儿，但你说的话，却让我感到了一丝甜蜜。

有一次，我去广州出差，为期两个礼拜。晚上，我们打电话互诉思念，我说，我都想吃耳朵眼炸糕了。你没说什么，我也洗洗睡了。可没想到凌晨的时候，你提着一份耳朵眼炸糕，站在酒店大堂里。原来，你听我说完，就出门买了机票和一份炸糕，直接飞了过来。

那一刻，我觉得你是那么爱我。

可接下来的事情，却真的让我有些招架不住了。

一个外地同学来天津出差，联系上了我。他来我们单位找我，在门口接他时，同学异常激动，拥抱了我，我们10年没见面了。没想到，这一幕刚好被你看到了，你冲了过来，在我们单位门口，声嘶力竭地喊："你为什么背叛我？为什么，为什么？"其咆哮的激烈程度可以令马景涛都甘拜下风。我和同学给你解释，你根本不听，越闹越凶，整个单位的同事都过来看发生了什么，这下热闹了，我觉得我真像只猴子。我拂袖而去，决定和你分手。

晚上，你不停地发短信，说："我不想失去你，你是我这一生最爱的人，不管你是不是移情别恋。我爱你，和你无关。"

这样的短信，你几乎发了一夜。我不想理你，关掉了手机，睡觉。

第二天早晨，我到了单位门口，看到许多同事聚在那里围观，跑过去一看，又是你！你拿着一把刀子划伤了自己的手指，前面还摆了一个牌子，上面写着我的名字。看见我，你更加来劲了，把刀子直接架在了手腕的动脉上，说："原谅我，昨天是我错了。"你说，如果我不原谅你，你就立刻自杀。后来派出所民警出面，才把你赶走。

当时，我作为科长候选人，已经被提名了。如果不出意外的话，我就会成为本系统最年轻的女科长。可是那天下午，领导就找我谈话，告诉我不要因为私生活影响工作，作为一个政府工作人员，一定得顾忌群众的舆论，云云，总之翻来覆去说了许多，中心意思就是，我不适合担任领导职位。

从学校毕业出来，我奋斗了五六年，不说我加了多少班，光是献血，我都已经献了一千多毫升。我一心想在单位好好工作，取得自己应有的位置，可是这一切都被你毁了。

这一次，我下定决心，永远不再跟你有一丝一毫的纠葛。但你不肯。你给我家楼道里贴满了情诗，在我家楼下的草坪上跪了3天3夜，还大声地朗读着诗歌，就是那首《世界上最遥远的距离》。有个邻居见到了这一切，觉得很奇怪，说，这是在干什么，拍电影吗？

我忽然觉得，其实你根本谁都不爱，你爱的是表演，表演忠诚、表演痴情、表演受伤……在爱情里，你想要获得的不是幸福，而是众人的关注。

我申请调到了另外一个城市工作，远远地离开了你。我们，根本就是两个世界的人。

不，应该说，你跟所有的女人都是两个世界的人。我终于知道你为什么40多岁都还没结过婚，因为没有女人能忍受这些。女人们要的，是爱情中的幸福感，婚姻中的安全感，是实实在在的爱和关心，而不是一个疯子幼稚的表演。倾尽你所有的“表演才华”，你也不会找到一个愿意和你结婚的女人。

事实证明确实如此。

许多年后的今天，我站在你的墓碑前，看着你对我面带微笑，感觉恍然隔世，似乎以前发生过的一切，都只是一场梦。50多岁你就不在了，这一辈子你都没能找到一个愿意陪你表演生死相依的女人。我只想说，你入错了行，如果你当一个演员，说不定还会有所成绩呢。

就这样吧，但愿你下辈子，能学会踏踏实实地过日子，真真实实地表达自己的感情。

如果天下只有我一个男人就好了

郭晨 男 39岁 私企业主

“嫉妒者无爱。”——奥斯丁

郭晨很小的时候，就在我们胡同里出名了。

那时候，他还在上初中，喜欢上了同班一个漂亮的小姑娘。他每天都跟她一起上学、放学，给她提书包，把她送到家门口，在路上给她买糖葫芦、棉花糖，殷勤备至。只是，美丽的鲜花总会引来狂蜂浪蝶的。有一天，郭晨看到旁边有卖臭豆腐的，就跑过去买。回来的时候，一个高一的男生正在跟小姑娘说话，小姑娘笑得前仰后合。郭晨一下子热血涌上了头，上去就把高一男生打翻在地。高一男生爬起来就跟郭晨厮打在一起，郭晨顺手拿起旁边肉摊上的切肉刀，直接插进了高一男生的肚子里。

好在，没有捅到致命处，男生经抢救之后，活了过来。而郭晨因为未满14岁，不用承担刑事责任，但这件事，让他在这个江边小城出名了。

后来，老师给他做思想工作，问他："你为什么要捅人家？"郭晨说："他跟我喜欢的女生说话，我受不了。"老师说："你知道他是谁吗？"郭晨咬牙切齿地说："奸夫！"老师说："他是你喜欢的女同学的表哥。"

郭晨学习成绩很优秀，女孩的表哥后来恢复了健康，学校给他记了一次大过后，此事就风平浪静了。

只是，他上大学之后，又干出一件惊天动地的事情。

还是因为女生。那时，他的女朋友叫小雪，是表演艺术专业的学生，长得清纯美丽。郭晨和小雪在一起，不准小雪穿吊带装、露背装、热裤，并对小雪说："你看，男人看见女孩子那么漂亮的部位，怎么会没有感觉呢？他们有机会，就一定会侵犯你的。所以，你要保护好自己，千万别露出美丽的肌肤。"小雪觉得他说得对，就照做了。

平时，不管小雪去哪里，郭晨都要骑个自行车，接来送去。他说："我不放心你一个人。"小雪没多想，只是感觉郭晨很爱自己。

学校里经常有导演、制片人来挑演员。有次，小雪被挑去试镜，回来的时候告诉郭晨："今天可真难为情啊，导演让我们穿上泳装表演。"

郭晨一听立刻火了，他问清楚公司的地址，立刻就骑上自行车，怒气冲冲地杀过去了。只是，公司的人已经全部下班了，摄影棚里空无一人。郭晨一气之下，就放了一把火，烧掉了摄影棚。好在消防大队离得很近，消防车很快赶到，这才避免了损失。电影公司把郭晨告上了法庭，多亏郭晨的父母小有积蓄，给公司赔了许多钱，这才化解了一场牢狱之灾。

无奈的郭晨父母把他送到美国加州上大学。几年之内，郭晨一个女朋友也没有交，理由是：国外的女孩太开放了，她们随便就跟男孩子说笑、调情，甚至动手动脚，自己的女人如果这样，他实在是受不了。

郭晨回国后开了家文化公司，很快事业有成，开上了奔驰。父母催促他赶快找女朋友、结婚、生孩子，可惜的是，郭晨却迟迟结不了婚。

本来，他长得不差，30多岁，又有钱，根本就不愁没女朋友，甚至还有不少女孩子倒追他。只是，交往一段时间后，不管多好的女孩子都会离他而去。因为他不仅不让女孩子夏天穿吊带、露背装，甚至连裙子也不让穿，说是“我们家的东西凭啥让别人看”；不让女孩子随便跟别的男人说话，更不许跟男同学、男同事来往；每天回家要让女孩子汇报出门去哪里了，跟谁在一起；如果有男的打电话来，他就会回拨过去骂对方。甚至有一次，女朋友买了许多东西，拿不动，就请保安帮自己拿回家，就这么简单的一件事，郭晨却想不明白，先是质问女朋友为什么会看上男保安，又跑到物业公司，硬逼着物业公司炒了那个保安的鱿鱼。

更可怕的事情还在后面。他找了个女朋友，是一家4A广告公司的创意主管。这个女孩的工作时间就是不分昼夜，每次为了达到客户想要的效果，她经常和同事们在一起加班，通宵达旦地修改方案。郭晨总质问她半夜三更在干什么，无论女朋友怎么解释，他就是听不进去，满脑子都是女朋友和部门经理夜深人静在办公室媾和的场景。女朋友很爱他，就说：“那以后我开着视频，你看着我加班好吧？”

郭晨竟然答应了，而且真的通宵不睡觉，一动不动地盯着电脑屏幕，看着女朋友在那边忙碌。一次，有个男同事和他女朋友开玩笑，说：“你连着几个晚上都不回去，你男朋友睡得着吗？”郭晨忽然在视频这边大喊一声：“流氓，你他妈说什么呢？”

所有同事都知道了她被监视的事实，女孩尊严扫地。这一次的打击，让女孩任是再爱他，也终于选择离他而去。

谁能受得了这样的男人呢？不管他多有钱。郭晨是绝对的驴粪蛋蛋外面光，就算是为了他的钱而和他在一起的女人，也无法接受这些，许多都是和他相处一段时间后，就立刻脚底抹油，溜了。

就这样，郭晨永远也结不了婚。

郭晨常常感慨说："如果现在还是封建社会该多好啊，那会儿女人都大门不出二门不迈，一辈子都接触不到其他男人，多么干净，让人放心。现在，唉，结婚就算了，还不知道自己娶的老婆，明天成了谁的呢。"

他彻底成了不婚主义者。

国民党将军胡宗南教书的时候，娶过一个大户人家的女儿梅小姐。梅小姐长得特别漂亮，她一出门，就会引来周围男人顾盼的眼神。胡宗南醋意大发，回家叮嘱梅小姐不许出门。一天，他出门去教书，梅小姐的闺蜜叫她一起去看戏。胡宗南在学校里坐卧不安，跑回家里，发现妻子果然不在，心里顿时醋海翻波。那夜梅小姐回来，他假装什么事情都没发生，对梅小姐温柔有加。从第二天开始，他便不再理睬梅小姐。梅小姐百思不得其解，无论怎样温柔，他都冷脸相对。梅小姐郁郁寡欢，几年之后犯了疯病，香消玉殒。胡宗南则草草掩埋了她，解了心头之恨。

郭晨和他，其实又有多大区别呢？

我最好能变成一只树獭

九宝 男 40岁 银行职员

"懒惰等于将一个人活埋。"——泰勒

《笑林广记》中，有个著名的懒汉，老婆回娘家，在他的脖子上挂了个锅盔，等老婆回到家，他已经饿死了。因为他懒得转圈，只吃了脖子下面的那一块。

九宝也是个极品懒蛋，是我的同班同学兼舍友。当年，他可是懒到了极致。每天早上起来被子是什么样，晚上睡觉的时候，被子还是什么样。我们都劝他叠叠被子，他说，叠什么啊，晚上还得拉开。

每次去食堂打饭，他铁定是到第一个窗口，有什么吃什么，因为懒得往里走一步。

他课桌下的垃圾桶都被垃圾淹没了，桌子上只有键盘和鼠标上没有堆东西，其他地方全部堆满了垃圾。我们经常感觉他就是坐在垃圾堆里上网，还给他起了个外号叫"垃圾王子"。

为了不洗袜子，他买了好多双袜子，实在脏得不行了，就直接扔掉。有一回睡觉之前，我看到他的脚脖子上挂了个护腕之类的东西，就说："你这个护腕好个性啊，还是花的，哪里买的？"他懒洋洋地对我说："这是袜子，没有新的了，我懒得去买。"原来是袜子被他穿得前面全不见了，缩到了脚脖子上！

冬天，我们从来没见过他洗衣服，就算洗衣房有洗衣机他也懒得去洗。有一次，我们问他："你的衣服不洗怎么办啊？"他说："我的衣服可以两面穿啊。这一面穿脏了换另一面，另一面穿脏了换这一面。"

"我晕，那脏的那一面翻过来不还是脏的吗？"

这位老兄笑了笑，神秘地说："翻过去的那一面，早都被毛衣擦干净了！"

"那如果毛衣也被弄脏了呢？"

"嗨，冬天早过去了！"

宿舍里有一台电视，那会儿还没有遥控器，每次换台的时候都要到电视机跟前去。九宝在外面找了根竹竿，每次想换台的时候，就用竹竿捅几下，他就可以躺在被窝里，不用起身。

好在九宝学习还可以，毕业后，他顺利地进入了一家银行，每天坐在柜台后面，数钱、存钱，除了上厕所和吃饭，基本上可以一动不动，这工作可真是太适合他了。

安居乐业之后，就得考虑终身大事了。可是姑娘们一个个都被他吓跑了。

九宝虽然胖，但是还没到脑满肠肥的程度，因为个子高，反而显得外表排场。有个储户阿姨经常来存钱，就看上他了，得知他还单身，就想把自己的闺女嫁给他。九宝还没谈过恋爱呢，这么一听，当然挺高兴了。那储户阿姨提议去九宝家里看看，这一去，阿姨惊讶地问："九宝，你是不是业余还搞物资回收呢？"物资回收听着高大上吧，俗称就是收破烂儿的。

阿姨在他家里里里外外巡视了一番，终于彻底明白了。九宝家的地板，似乎自从搬进来就没有擦过，所有的桌面、凳子上都是厚厚一层灰，厨房洗碗池里的碗都堆满了，上面已经长了一层厚厚的绿毛。走进九宝的卧室，那才叫受不了，床单油腻腻的，居然已经看不出来本身的颜色了！

用落荒而逃来形容这位阿姨当时的反应绝对一点都不过分，她大概是怕跑慢了被九宝抓住强迫做丈母娘吧。不过她这点担心真的是多余的，因为九宝懒得追她。

眼看着我们个个都有了女朋友，只有九宝形单影只，大家都给九宝张罗着找女朋友。可每张罗一个，就会被埋怨一番，哪个女孩都没见过九宝这么懒的家伙：约他见个面，他就挑他家楼下的咖啡馆；约他出去看电影，他问哪家最近；约他吃饭，他说还不如一起在家吃泡面……

有一次，一个女孩约九宝一起逛街，九宝直接把自己的钱包给女孩，说："你喜欢什么就买吧，但我一步都不想走。"不在一起怎么能叫谈恋爱呢？女孩只好放弃逛街和九宝一起喝咖啡。两个人在咖啡馆里坐了差不多6个小时，出来的时候，九宝夹着腿，姿势古怪地去了卫生间。后来女孩问他："你刚才走路怎么那样啊？"九宝说："尿憋的了。"女孩问："那你干吗不去洗手间？"九宝答："懒得动。"女孩后来感慨说，这真是懒人中的极品啊，真的跟树獭有一拼了！假以时日，身上都能长青苔了吧。

这都不算最极品的。最雷人的是，九宝最后还真的找到女朋友了。那女孩真是跟九宝互补，整个人勤快讲究，干活还很麻利。九宝不是懒吗，什么都不收拾，女孩就里里外外，把家里收拾得锃亮闪光、一尘不染，每天把饭端到他手里，干净的衣服袜子放床头，洗脚水端到跟前……九宝的家里再也没有堆积如山的垃圾和长绿毛的洗碗池了。

看样子，九宝找到幸福了。

就在我们打趣九宝什么时候吃他喜糖的时候，女孩跟九宝分手了！

问九宝，九宝打死都不说原因。问女孩，女孩也不肯说，只说感情的事如人饮水，冷暖自知。我们就组团去劝人家女孩，跟她说九宝这人虽然不是很勤快，但是外表儒雅、心地善良、事业半成什么什么的，说得好像我们都恨不得有个妹妹或者自己变成个女的嫁给九宝。最后女孩被逼急了，说："哪有你们这样的，他好吗？我今天就告诉你们真相吧！"

真相真的很可怕。

因为两个人好不容易进入热恋期，决定共度良宵，九宝竟然对女孩说："你来主动吧，我懒得动。"

九宝好不容易找到一个能忍受他懒惰的女朋友，竟然就这样被他"作"跑了。我们都劝九宝去挽回一下，九宝说，他懒得去。

一眨眼十几年过去了。九宝再也没有处过女朋友，因为懒得动，又因为不做饭，总吃垃圾食品，变得越来越胖。他的家里到处都是烟头、方便面袋子、调料包和各种生活垃圾，人走进去完全没有下脚的地方了。这样一来，就更没女人愿意跟他相处了。

不过，他似乎过着无忧又自在的生活：每天下了班回家，上网玩游戏，吃着方便食品，喝的都是桶装水和饮料，吃完喝完随手一扔。这种极品懒汉的生活，也许就是他的幸福吧。每个人的幸福都是不同的，那种常人结婚生子的幸福，他根本不需要。